РЕКА ПОТУДАНЬ

ポトゥダニ川

プラトーノフ短編集

アンドレイ・プラトーノフ

正村和子・三浦みどり 訳

Андрей Платонов

РЕКА ПОТУДАНЬ

群像社

目次

ポトゥダニ川

プラトーノフ短編集

ポトゥダニ川

国内戦の間じゅう踏み固められて道になっていた土の上に、また草が芽を出し始めた。戦争が一段落したのだ。世の中全体も地方の町々も再び静けさを取り戻し、人影がまばらになった。戦死して帰ってこない者もいたし、大勢の負傷者がいま傷を癒《いや》しながら肉親のもとで身体を休め、つらかった戦いの苦役を長い眠りの中で忘れようとしていた。復員兵たちの中にはまだ家に帰り着いていない者もいて、古外套《がいとう》を着て背嚢《はいのう》を背負い、軍帽か羊革の帽子をかぶり、見たことのない草の中を歩いている最中だった。前に通った時は草に気づく暇がなかったのか、隊列に踏まれて草が伸びていなかったのだろうか。見覚えのある野原や村が道の周辺に広がったとき、復員兵たちは驚きに息を詰まらせた。苛酷だった戦いや病気、勝利の喜びをなめつくし、自分たちの心は変わり果てていた。三、四年前の自分はおぼろげな記憶にかすみ、今は全く別の人間になって、初めて生きようとして歩いているように思われた。一足飛びに大人になって分別と忍耐力を身につけ、胸の奥には偉大な、全世界のための希望を秘めていた。国内戦に出る前ははっきりした目標も使命感も持たなかった、まだ短い人生しか生きていない若者たちが、生涯の理想を胸に戻ろうとしていた。夏も過ぎようとするころ、赤軍の最後の復員兵たちが家路をたどっていた。兵士たちは戦争が終わっても労働部隊として残され、あれこれと不慣れな仕事をしながら切ない思いに耐えていたが、今ようやく動員が解かれ、これからは社会の中で自分の生活をするようにと命ぜられて解放されたのだ。

ポトゥダニ川に沿って延々と広がる丘陵地を、名もない田舎町にある我が家を目指して、元赤軍兵のニキータ・フィールソフはもう二日にわたって歩いていた。年のころは二十五歳くらいで、慎ましい、絶えず悲しみに耐えているような表情を浮かべていたが、それは悲しいからではなく、内に秘めた善良さが現われていたのかもしれない。それとも若者によくあるように、何かひとつのことを思いつめていたせいだろうか。伸び放題のブロンドの髪が帽子からはみ出して耳にかかり、灰色の大きな瞳が、単調に拡がる穏やかでもの悲しい自然を、まるで他所《よそ》から来た者のように暗いまなざしで食い入るように見つめていた。

真昼ごろニキータ・フィールソフは、湧き水が谷あいを抜けポトゥダニ川へ向かって流れる、小さな沢のほとりでひと休みした。歩き続けた若者は陽だまりの地面に横たわると、春からずっと生えていてもう伸び疲れた九月の草の上でまどろみ始めた。ひと気ない静けさの中で、命の温《ぬく》もりがふと陰ったかのようにフィールソフは眠りに落ちた。身体の上を羽虫が飛び、蜘蛛の巣がただよい、どこかの浮浪者がまたぎ越していったが、眠っている人間にさわりもせず目もくれず、自分が行きたい方向へ歩き去った。長い間雨が無く、夏の埃が空高く覆い、日の光は不透明で弱々しかったが、世界をめぐる時間はいつもと変わりなく遥かな太陽を追って進んでいた……。フィールソフは不意に跳ね起き、おびえ、苦しそうに喘《あえ》いでその場にうずくまった。目に見えない誰かと格闘して全速力で走ったみたいに息を切らしている。恐ろしい夢を見たのだ。ちっぽけな獣《けもの》が焼けつくような熱い毛皮でフィールソフの息を止めようとした。そいつは上等の小麦ばかり食って小太りになった、野っぱらに棲む小獣だった。貪欲で、力んで汗まみれになりながら眠っている人間の口に這いこみ、爪を食いこませて喉の奥に進み、魂の真ん中で人の息を焼こうと狙っていた。フィールソフは夢の中で息を詰まらせ、わぁっと叫んで駆けだしそうになったが、獣の方が先に飛び出した。獣は盲目でみじめでおびえきっていて、震えながら住処《すみか》である夜の闇の中へと消えていった。

フィールソフは沢で顔を洗い、口をすすいで先を急いだ。父親の家はもう近い、晩までには行き着ける。

日が傾きかけるころ、始まろうとする夜の薄闇の中にフィールソフは故郷を目にした。ポトゥダニ川の岸から高台のライ麦畑へゆるやかに丘陵がのぼっていて、その中ほどに小さな町があるのだが、今は暗くてほとんど見えなかった。町には灯影一つない。

ニキータ・フィールソフの父親はもう眠っていた。仕事先から戻ってくると、まだ日も暮れないうちからすぐさま横になった。父親は一人で暮らしていた、妻にはとうに先立たれ、上の息子は二人とも世界大戦に行ったまま消息を絶ち、末息子のニキータは国内戦に出たきりだ。この子だけはもしかしたらまだ帰ってくるかもしれん、と父親は末っ子のことを思った。国内戦は家の間際《まぎわ》か屋敷の庭先でやっているから、銃撃も世界大戦ほどひどくない。父親は日暮れから夜明けまで長々と眠った。そうでもしないともの思いばかりして、忘れているることがよみがえり、なくした息子らのことを思ったり、わびしかった来し方がやりきれなくなったり、胸がうずいて仕方がない。朝は起きるとすぐに仕事場に出かけた。父親は長年、農民向け家具の製作所で指物師として働いていた。仕事に囲まれている間はなんとか辛抱でき、もの思いもせずにいられた。だが夕暮れが近づくと滅入ってきて、ひと間しかない住まいに帰ってくると、おびえたように大急ぎで床に入り、翌朝まで眠ってしまう。おかげで灯油も使わずにすんだ。明け方には蝿どもにはげ頭をつつかれて目を覚まし、長い時間をかけて丁寧に服を着て、履き物をはき顔を洗い、深々とため息をつき、とんとん足踏みをして部屋を掃き、何やらぶつぶつつぶやくと、空模様を見に表に出て、また戻ってくる。仕事に出かけるまでのどうしようもない時間をそうやってなんとかやり過ごしていた。

その夜もニキータの父親は、眠らなくてはいけないし体も疲れていたから、いつもどおり眠っていた。家のまわりの盛り土《つち》にもう何年もコオロギが棲みつき、夕方になるとそこから歌を響かせている。今いるのは一昨年と同じ奴だろうか、それともその孫だろうか。ニキータは盛り土に近づいて、父親のいる窓を叩いた。コオロギはちょっとの間、こんなに遅くやってきた見知らぬ客は何者かと、耳を澄ますように鳴きやんだ。父親は木製の古いベッドから這い下りた。息子たちみんなの母親が生きていたあいだ一緒に寝ていたベッド、ニキータが産声を上げたのもこのベッドの上だった。老人はいま、痩せた体にズボン下を一枚身につけているだけだった、それも長年着古して、何度も洗って縮んでしまい、膝が丸出しになっている。父親は窓ガラスにぴたりと顔をつけ、窓越しに息子を見た。顔を見分け、息子だとわかってからも、まだ見足りないというようにそのまま目を離さなかった。そして一気に走り出した。少年のように小柄で痩せた身体が、入口と中庭をひと息に駆け抜け、寝る前に錠を下ろした枝折《しお》り戸を開けに走った。

ニキータは天井の低い古びた部屋に入った。暖炉の上にしつらえた寝床、通りに面したひとつしかない小さな窓。戦争に出ていった三年前と同じ匂い、子供時代の匂いがする。母さんの服の裾の匂いさえ、世界中でただここだけに残っている。ニキータは背嚢を下ろして帽子をとり、ゆっくりと外套を脱いでベッドに腰を下ろした。父親はその間ずっと、裸足でズボン下だけの姿で息子の前にたたずんでいた。かけてやるべき迎えの言葉も、ほかのどんな言葉も、ひと言も出てこなかった。

「で、ブルジョワや立憲民主党員《カデット》らはどうなった？」少したってから父親は訊ねた。「全滅させたか、まだちっとは残ったか？」

「ううん、ほとんど全滅させた」と息子は答えた。

父親はちょっとの間だが、真剣に考えた。一階級まるまる根絶やしにしたか、そりゃ大仕事をしたもんだ。

「そうかい、何しろ奴らは腰抜けだからな！」年寄りはブルジョワのことを決めつけた。「ただ食いしかできん能なしどもだ」

ニキータは父親の前に立ち上がった。頭ひとつ半ほど父よりも背が高くなっていた。息子への愛情をどうしたものやらわからず、老人は遠慮でもするように無言で息子のかたわらにたたずんでいた。ニキータは父親の頭に手を置くと自分の胸に抱き寄せた。老人は息子に身を寄せると、ようやく安息の場に行き着いたというように、何度も深い息をした。

その町からまっすぐ野原に出ている通りに、緑色の鎧戸がついた一軒の木造の家があった。

その家にはかつて、町の学校で教師をしている年配の後家さんが住んでいた。十歳くらいの息子と、明るい亜麻色の髪をした十五歳の娘が一緒に暮らしていた。

何年か前、ニキータ・フィールソフの父親は女教師の後家さんと一緒になれないかと考えたことがあったが、その思惑は早々に自分の方から取り下げた。父親は二回、まだ子供だったニキータを連れて女教師の家を訪ねた。そこでニキータは、もの思いにふけっている女の子のリューバを見たが、その子は見知らぬお客たちに知らん顔をして、座って本を読んでいた。年配の女教師は指物師にラスクとお茶を出し、市民の知性の向上や学校の暖炉の修理のことを何やら話した。ニキータの父親はずっと黙りどおしだった。固くなってやたらに咳払いばかりし、手巻きのタバコを吸い、やがておずおずと受け皿からお茶を飲んだが、いや腹はもういっぱいで、と言ってラスクには手をつけなかった。

女教師の住まいでは、二つある部屋にも台所にも椅子が置かれ、窓にはカーテンがかかっていて、手前の部屋にはピアノと衣装戸棚、奥の部屋にはベッドと、赤いビロード張りのふかふかした肘掛け椅子が二つあり、壁の本棚にはぎっしり本が並んでいた、あれはきっと、全集とかいうものじゃないだろうか。父親と息子には贅沢過ぎる住まいに見えて、父親はたった二回訪ねたきり行くのをやめてしまった。一緒になれないかと言いだすことさえできなかった。ニキータはピアノと、本を読んでいるもの思わし気な女の子をもう一度見たくて、あのおばあちゃんと結婚してよ、また訪ねて行けるから、と父親にせがんだ。

「無理だよ、ニキータ！」父親は言って聞かせた。「わしは教育もないし、あの人と何をしゃべっていいかわからん。この家には恥ずかしくて呼ぶこともできん、ろくな食器も、まともな食い物もなし……。見たろうが、あの肘掛け椅子。昔の造りで、モスクワ風だぞ！　それにあの戸棚！　おもて一面、溝やら模様やらが彫りこんであった。ありゃ値打ちもんだ、まちがいない。それから娘！　あの子はたぶん、上の学校に行くだろうて」

その父親も、かつての花嫁候補の姿をもう何年も見ていない。ときたま恋しがっているようにも見えるが、ただ思い浮かべているだけかもしれない。

国内戦から帰ったあくる日、ニキータは軍事委員会に出かけ、予備兵の登録を済ませた。そのあと、なじみ深い故郷の町をくまなく歩きまわったが、見ていくにつれて心が痛んだ。古ぼけたちっぽけな家々、朽ち果てた塀や生垣、中庭にまばらに生え、ほとんど枯れてからからに干上がった林檎の木。ニキータが子供だったころは、どの木も青々と繁っていた、平屋の家々は大きくて豪勢で、謎めいた賢そうな人たちが住んでいた。通りは果てしなく続き、道端のゴボウの葉は高く伸び、空地や打ち捨てられた畑では生い茂る雑草が不気味な森のようだった。いま目に映る家は小さくてみすぼらしく、低くて塗装は剝げているし、あちこち修理が必要だ。空地に生える雑草はひょろひょろで怖くもなんともない、老いさらばえた辛抱強い蟻が棲むただの陰気な草むらだ。どの通りもたちまち尽きて、黒い地面と遮《さえぎ》るもののない空になる。町は小さくなってしまった。あんなに大きかったのに、そして謎めいていたのに、今こんなに小さくてつまらなく見えるのは、きっと僕の方がそれだけたくさん生きたってことだろうな、とニキータは思った。

いつか父さんと来たことのある、緑色の鎧戸がついた家の前をニキータはゆっくりと通った。緑色なのは記憶の中だけで、今はろくに塗料の痕もなく、日にさらされ雨に洗われて色が落ち、木肌が露わになっている。鉄の屋根はひどく錆びつき、これでは雨漏りがしてピアノの上の天井がびしょ濡れになることだろう。ニキータは目を凝らして窓の奥を見た。カーテンはもう無くなっていて、ガラスの向こう側には見知らぬ闇がのぞいていた。ニキータはこの朽ちかけた、でも懐かしい家の枝折り戸に近づいて、脇のベンチに腰を下ろした。誰か家の中でピアノを弾きださないだろうか、そうしたら音楽を聞いていこう。でも家の中はしんとして、何の気配もしなかった。少しのあいだ待ったあと、ニキータは塀の隙間から庭を覗《のぞ》きこんだ。伸びきったイラクサの茂み、その間を縫って納屋まで続くひと気のない小道、家の上がり口についた三段の木の段。あの年とった女の先生も、娘のリューバもきっととっくに死んだのだろう、男の子は志願兵になって戦争に行ったにちがいない……。

ニキータは家路をたどり始めた。もう日暮れが近い。もうじき父さんが帰ってくる、この先の暮らし方や働き口のことを父さんと一緒に考えよう。

郡で一番の大通りは、散策する人の群れで少しばかり賑わっていた、人々の戦後の暮らしが始まったところだった。この時間に出歩いているのは事務所勤めの人や女学生、治りかけた負傷兵や年長の子供たち、家で仕事をしている人たちだ。一般の労働者たちはもっと遅く、すっかり日が暮れてからやってくる。みんな着古した粗末な身なりで、帝政時代のすりきれた軍服姿も少なくない。

通る人のほとんどが、手を組み合っている恋人たちでさえ、日々の暮らしに要るものを何かしら持ち運んでいた。女の人たちは買い物袋にジャガイモや、たまには魚などを下げているし、男たちは配給のパンを小脇に挟んだり、半割にした牛の頭や煮物用の臓物を大事そうに抱えていく。でも、よほど年老いて疲れてでもいないかぎり、暗い顔の者はいない。若者たちはよく笑い、顔と顔を見つめ合い、生気をみなぎらせ、信頼感に満たされている、まるで永遠の幸せが明日にも訪れるというように。

「こんにちは！」女の人が、どこか脇の方からおずおずとニキータ・フィールソフに声をかけた。

その声はたちまちニキータに触れて暖めた。誰かとても大切な、けれど見失っていた人が、助けを呼ぶニキータに手を差し伸べたかのように。でもニキータは、勘違いだと思った、僕に呼びかけたんじゃない。間違えるのが怖くて、おそるおそる近くを通る人に目をやった。すぐ近くには二人いる、二人とも通り過ぎた。ニキータは振り返った。背の伸びた、大人になったリューバが、立ち止まってニキータの方を見ていた。悲し気な、戸惑ったような微笑みを浮かべている。

ニキータは近寄って、本当にあの娘が無傷で残ったのかと確かめでもするように、そっと全身を見つめた。思い出の中でさえ、娘はニキータにとってかけがえのない宝だった。履き古したオーストリア製の編み上げ靴、膝までしかない色あせたモスリンのワンピース。きっと生地がそこまでの分しかなかったのだろう。ワンピースを見たとたんニキータはリューバが可哀そうでたまらなくなった、いつか見た柩《ひつぎ》の中の女の人たちもそっくり同じ服を着ていた。同じモスリンの生地が今、生きた身体を覆っている、大人びてはいるが貧弱な身体を。上には古い婦人物のジャケットをはおっている、きっとリューバの母さんが娘時代に着ていたものだ。頭には何もかぶらず、ブロンドのお下げ髪を固く編んで首から下に垂らしていた。

「私のこと、覚えてない？」とリューバが聞いた。

「いいえ、忘れていません」とニキータが答えた。

「忘れちゃいけないわ、いつになっても」リューバはほほえんだ。澄んだ瞳が秘められた魂で満たされて、見惚《みと》れるかのようにニキータを優しく見つめていた。ニキータもリューバの顔に見入った、その目を見ただけで嬉しさがこみ上げたけれど、同時に痛みが胸を突き抜けていった。窮乏した暮らしの中で深く落ち窪んだ目が、未来を信じて明るい光を湛《たた》えていた。

ニキータは一人で家に帰るリューバと連れ立って歩きだした。リューバは今も同じ家に住んでいた。母親は少し前に亡くなっていて、弟は飢えのひどかった時、野営中の赤軍兵たちに糧食のお粥《カーシャ》を分けてもらい、兵士たちのところに居つくようになって、そのうち赤軍と一緒に敵と闘うんだと言って南方へ行ってしまった。

「あの子、そこでお粥を食べるのが癖になってしまって。家には無かったから」とリューバは弟のことを話した。

リューバは今ひと部屋だけに暮らしていたが、それ以上使う必要もなかった。ニキータは初めてリューバを見、初めてピアノや豪華な調度品を目にした部屋を見まわして、息をのんだ。今はピアノも、一面に模様を彫りこんだ衣装戸棚も無く、あるのは肘掛け椅子二つと、机とベッド一台だけ。思春期にさしかかったニキータの心を奪った面白さも、謎めいた妖《あや》しさも消え失せていた。壁紙は色褪せて剥がれかけ、床は擦り切れ、タイル張りの暖炉のそばに小さな鉄製のストーブが置かれている。木っ端《こっぱ》が一掴みもあれば火がついて、まわりだけわずかに暖まるストーブだ。

リューバは脇に挟んでいた大学ノートを置き、靴を脱いで裸足になった。リューバは今、郡の医学アカデミーに通っていた。その頃は郡のいたるところに大学やアカデミーができていた。少しでも早く高度な知識を得たいと、誰もが渇望した時代だ。人々は飢餓や貧困だけでなく、生きることの無意味さに心が疲れ果てていて、人間の存在とは何なのか、それは意味があるのか空疎なのか、探らずにはいられなかった。

「これ、足が擦《す》れるの」リューバは靴のことを言った。「あなたはもう少しいてちょうだい。私は横になって眠るわね、じゃないとお腹がすいてたまらないから。でもそのことは考えたくないの……」

リューバは服のままベッドの毛布にもぐりこみ、お下げ髪をまぶたにかぶせた。

リューバが目を覚ますまで二、三時間、ニキータは黙って坐っていた。夜がとっぷり更けたころ、暗がりの中でリューバが身体を起こした。

「私の友達、今日はたぶんもう来ないんだわ」リューバは悲しそうに言った。

「来ないと困ることでもあるの？」とニキータが聞いた。

「おおありよ」とリューバが言った。「あの家は大家族でお父さんは軍人だから、何か残ったら私の夕食に持ってきてくれるの……。私がそれを食べて、それから一緒に勉強するのよ……」

「灯油はあるの？」

「いいえ、配給でもらうのは薪なの……。ストーブに火をつけて、その明かりで床に坐って読むのよ」

リューバは、何かとてもむごい、情けない考えに捉われたのを恥じるように、力なくほほえんだ。

「きっとあの子の兄さん、青二才の若造よ、あの人がまだ眠らないんだわ。私に差し入れするなって妹に言うのよ、惜しがって……。でも私が悪いんじゃないわ！　私、もともとそんなに食べるのが好きじゃないんですもの。私じゃなくて頭が勝手に痛みだすのよ、頭がパンのことばかり考えて生きるのを邪魔して、他のことを考えさせてくれないの……」

「リューバ！」窓から若々しい声が響いた。

「ジェーニャ！」リューバが窓に向かって答えた。

リューバの友だちが来たのだ。大きな焼いたジャガイモを四つポケットから取り出して、鉄のストーブの上に載せた。

「組織学の本、手に入れた？」とリューバが聞いた。

「誰から手に入れるのよ！」ジェーニャが答えて言う。「図書館の順番には登録できたけど……」

「いいわ、何とかしましょ」とリューバが応じた。「最初の二章は学部で暗記してきたから。

私が言うからメモするのよ、やれる？」

「今までだってやったじゃない！」ジェーニャは笑い声をあげた。

ニキータはノートの字が見えるようにストーブを焚きつけると、父親の所で寝るために立ち去ろうとした。

「私のこと、もう忘れないでくださる？」リューバが別れぎわに言った。

「ええ」とニキータが答えた。「他に覚えておく人はいないんです」

＊　＊　＊

フィールソフは戦争から戻ったあと二日間は家で寝て過ごし、それから父親が勤めている農民向け家具の製作所で仕事についた。材料の下準備をする大工として採用され、賃金は父親の半分くらいだった。だがこれは仕事に慣れるまでの一時的な待遇で、慣れれば指物師に昇格し給料も良くなることがわかっていた。

ニキータはこれまで働かずにいたことは一度もない。従軍中の赤軍兵たちも戦争ばかりしていたわけではなく、何日間も民家に駐屯したり予備部隊として待機している間、井戸を掘ったり、貧しい村人たちの小屋を修理したり、浸食の進む谷のてっぺんに灌木を植えて地すべりを防いだりした。戦争はいつか終わるだろうが、人の暮らしはその先も続くのだから、そのときのことも前もって考えておかねばならなかった。

一週間が過ぎて、ニキータは再びリューバの家を訪ねた。職場で出た昼食の中から主菜の煮魚とパンをお土産に持っていった。

リューバは窓際で、日が沈まないうちに読もうと、わき目もふらずに本をめくっていた。ニキータは黙ってしばらくリューバのそばに坐り、宵闇が訪れるのを待った。ほどなく郡の通りの静けさが夕闇に融け合い、リューバは目をこすりながら教科書を閉じた。

「お元気だった？」リューバは静かな声で訊ねた。

「父さんと二人で、まあなんとかやってます」とニキータが答えた。「あそこにちょっと食べるものを持ってきたので、どうぞ食べてください」

「いただくわ、ありがとう」とリューバが言った。

「眠らないんですか？」ニキータが聞いた。

「全然」リューバが答える。「だって今夕食をいただくのよ、お腹はすかないじゃない！」

ニキータは入口の土間から小さめの薪を少し持ってきて、明かりで勉強できるように鉄のストーブに火をつけた。床にしゃがみ、焚き口の戸を開け、木っ端や短い細めの木切れを上の方に置き、なるべく熱が出ないように、光りが多くなるように気を配った。リューバはパンと魚を食べると、ニキータと差し向かいに床に坐り、ストーブの明かりの近くで本を見ながら医学の勉強を始めた。

リューバは黙って読んでいたが、たまに何かつぶやいたり、笑みを浮かべたり、何かの言葉を細かい字で素早くノートに書き留めたりしていた、たぶん一番大事な言葉なんだろう。ニキータは火の具合を見張ることに専念し、ごくたまにリューバの顔を見たが、しょっちゅうではなく、すぐに視線を戻してまたずっと火を見ていた。見つめ過ぎてリューバにうるさがられてはいけない。こうして時が流れていった。こんなふうにしている時間はあっという間に過ぎてすぐ帰る時刻がきてしまう、とニキータは悲しい気持ちで思うのだった。

真夜中を告げる時報の鐘が鳴ったとき、ニキータはリューバに、ジェーニャという友だちはどうして来なかったの、と聞いた。

「チフスがぶり返したの。たぶん助からないわ」そう答えてリューバはまた医学の本を読みだした。

「そりゃ可哀そうだ！」ニキータの言葉にリューバは何も答えなかった。

ニキータは病気で高熱を出しているジェーニャを思い浮かべた。ひょっとしたら僕はあの子を真剣に好きになっていたかもしれない、知り合うのがもっと前で、少しでも優しくしてくれていたら。あの子もとても綺麗だった気がする、あの時は暗くてよく見えなかった、ちゃんと顔を覚えておけばよかった。

「私、もう眠いわ」リューバがため息をつきながらつぶやいた。

「読んだ所は全部わかったんですか？」

「全部、完璧よ！　よかったら聞かせましょうか？」リューバが提案した。

「いやいいです」ニキータは辞退した。「大事にとっておいてください、僕はどうせ忘れるから」

ニキータは箒でストーブのまわりを掃き、父親の所に帰っていった。

それ以来ニキータはほとんど毎日リューバの家を訪ね、ほんのときたま、リューバを寂しがらせようとして、わざと一日か二日の間をおいた。リューバが寂しがったかどうかは不明だが、そんな空虚な晩にニキータの方は、町の周囲を何回もぐるぐると行き来して十キロも十五キロも歩き、恋しさのあまりリューバのもとに飛んでいきそうになる衝動をやっとの思いで抑えていた。

ニキータはリューバの所にいるあいだ、たいがいストーブを焚きながら、彼女がちょっと本から離れて何か話しかけるのを待っていた。来るたびに職場で出た昼食を少し持ってきて、リューバの夕食にした。通っているアカデミーで昼食はとるのだが、出される量があまり少なく、たくさん頭を使い、勉強し、おまけにまだ身体も大きくなっているリューバには足りなかった。初めての給料日にニキータは近くの村で牛のすね肉を買ってきて、鉄のストーブで一晩かけて煮こごりを作った。リューバは真夜中まで本とノートを広げて勉強し、そのあと自分の服を繕い、長靴下の穴をかがり、明け方近くに床を洗い、人がまだ起きださないうちに中庭に出て、雨水を溜めてある桶で身体を洗った。

ニキータの父親は毎晩息子がいなくなり、一人で過ごすのがつまらなかった。どこに出かけているのだか、ニキータは何も言わない。「今じゃ一人前なんだし」と老人は考えた。「戦争で死ぬか負傷したかもしれん奴が生きて戻ってきたんだから、好きなだけほっつきまわるがよかろ！」

あるとき、息子がどこからか柔らかい白パンを二つ持ってきた。だがすぐ一つずつ紙に包んでしまい、父親にはすすめなかった。そしていつものように帽子をかぶり、また真夜中まで出ていこうとした。パンも二つとも手に持った。

「ニキータ、わしも連れていってくれや！」と父親はせがんだ。「わしは行っても何も言わん、ただひと目見るだけにするから……。よっぽど面白いんだろ、何か凄いもんがあるんだろ！」

「また今度にしようよ、父さん」ニキータははにかみながら言った。「だって父さんはもう寝る時間だろ。明日は仕事なんだし……」

その晩着いてみると家は留守になっていて、リューバはいなかった。ニキータは門のそばのベンチに腰掛けて家の主《あるじ》が戻るのを待ち始めた。白パンはリューバが帰る前に冷えてしまわないように懐に入れて温めた。夜更けまで辛抱強く、空の星を見つめ、ときたま過ぎる通行人が子供の待つ家へ足早に急ぐのを眺め、鐘楼から響く町の時報や、あちこちの中庭から挙《あ》がる犬の吠え声、昼間には聞こえることのない静かで不明瞭な物音に耳を澄ませた……。ニキータは死の間際までここで待ちとおすこともできただろう。

リューバは暗闇の中から音もなくニキータの前に現れた。ニキータが立ち上がると、「帰ってくれた方がいいのに」と言い、泣きだした。そして家に入ってしまった。ニキータはわけがわからずにしばらく表で待っていたが、やがてリューバを追って入った。

「ジェーニャが死んだわ」部屋に入るとリューバが言った。「これから私、どうしたらいいの？」

ニキータは黙っていた。暖かい白パンが懐にある。今すぐ取り出すべきだろうか、それとももう、何も要らないのだろうか。リューバは服を着たままベッドに横たわり、くるりと壁の方を向いて、声も出さずほとんど身じろぎもせず、ひとりで泣いていた。

人の悲しみを邪魔してはいけないと思って、ニキータは長いあいだ真夜中の部屋にひとりつつましくたたずんでいた。リューバはニキータになんの注意もはらわなかった、自分自身が不幸で打ちのめされているとき、人間は自分以外のどんな苦しみにも無関心になってしまう。ニキータはベッドのリューバの足元に断りもしないで腰を下ろし、懐からパンを取り出した。どこかに置かなくてはいけないが、どこに置いていいかわからなかった。

「だったらこれからは、僕が一緒にいることにしましょう！」とニキータは言った。

「そしたらあなたは何をするの？」リューバは泣きながら聞いた。

ニキータは間違ったことを答えたり、うっかりリューバを傷つけたりしてはいけないと思い、しばらく考えた。

「僕は何もしません」ニキータは答えた。「ただ普通に暮らしましょう、リューバがつらくないように」

「待ちましょう、あたしたちは急ぐことないわ」考えこんで何か思案でもするように、リューバは言った。

「今はね、ジェーニャを何に納めるかが第一。あの家には柩が無いの……」

「僕が明日、持ってくる」ニキータはそう言うと、パンをベッドの上に置いた。

あくる日、ニキータは親方に許可をもらって柩を作り始めた。柩はいつでも自由に作らせてもらえたし、材料費を差し引かれることもなかった。熟練していないせいで時間はかかったが、そのかわりたっぷり手間をかけ、亡くなった娘の寝床となる内側の面は特に丹念に仕上げをした。死んだジェーニャを思い浮かべるとニキータも気持ちが沈み、鉋屑《かんなくず》の上にちょっとばかり涙をこぼした。中庭を通りかかった父親がニキータのそばに来て、息子が落ち込んでいるのに気づいて声をかけた。

「何をしょげとる、花嫁候補でも亡くしたんか？」

「ううん、その友だちなんだ」とニキータは答えた。

「友だちだと？」父親が声を張り上げた。「友だちなんざどうってことない！　ほれ、その縁の所を直してやる、ぶざまで見ちゃおれん！」

仕事がひけるとニキータは柩をリューバの家に運んでいった。死んだ友達が安置されている場所は知らなかった。


その年の秋はいつまでも暖かさが続いて、だれもが喜んだ。「穀物が不作だった分、薪代を節約しよう」と倹約家たちは口にした。ニキータ・フィールソフは自分の赤軍兵時代の外套をリューバの婦人用コートに仕立て直すよう、早くから注文していた。コートはもう仕上っていたが、暖かかったのでまだ出番がなかった。ニキータは相変わらずリューバのもとに通い、リューバが生きる支えとなり、自分は心を満たす糧を得ていた。

ニキータは一度、この先ふたりは一緒に暮らすのか、それとも別々になのかと訊ねたことがある。リューバは、春までは自分の幸せなんか感じる余裕は全然ないの、とにかく一刻も早く医学アカデミーを修了することが先決だから、そのあとのことはその時になればわかるわ、と答えた。ニキータはそんな遠い先の約束にじっと耳を傾けた。ニキータは今リューバから得ている以上の幸せを求めてはいなかったし、これ以上の幸せがあるかどうかもわからなかった、それなのに、長い忍耐と自信の無さのために心が折れそうだった。そもそも自分のような者がリューバに必要なのだろうか、貧しく教養のない、一介の復員兵でしかない自分が。リューバは時々ほほえみながら、明るい瞳を輝かせてニキータを見つめた。瞳の中には大きく真っ黒な、得体の知れない点が見え、瞳を囲む顔いっぱいに優しさが溢れ出ていた。

あるときニキータは帰り際に、リューバを寝かせて毛布でくるんでやりながら泣きだしてしまった。リューバはただニキータの頭をちょっと撫でてこう言っただけだった。「ほらもう泣かないで、そんなにつらがっちゃだめじゃない、私がまだ生きてるっていうのに」

ニキータは父親のもとへ急いだ。あそこにこもって自分を取り戻そう、何日間か続けてリューバの所には行かないでおこう。「僕は本を読むんだ」ニキータは心に決めた。「そして本当の生活を始めよう。リューバのことなんか忘れるんだ、頭から叩き出してしまおう。あの子のどこが特別なんだ、世界には何百万人って人がいる、もっと綺麗な人がいる！　あの子はちっとも綺麗じゃない！」

あくる朝ニキータは床に敷いた布団から起き上がらなかった。仕事に行きかけた父親が額に触ってみた。

「熱いじゃないか、おまえ、ベッドに上がりな！　ちょっとばかり患《わずら》って、また治ったらいい……戦争で怪我はしてないか？」

「してない」とニキータは答えた。

晩近くにニキータは意識を失った。始めのうちは天井と、天井でぬくもって生き延びようとしている死にぞこないの蝿が二匹、目にこびりついて離れなかった。そのうちいたたまれないような嫌悪感が募ってきた、天井と蝿が脳髄に入りこみ、追っても追ってもますます膨れ上がり、巨大な妄想となって居すわったあげく、ついには頭蓋骨を蝕《むしば》みだした。ニキータはぎゅっと目をつむったが、蝿どもは脳の中でひしめき続けた。ニキータは蝿を天井から追い払おうとしてベッドから飛び上がり、また枕の上に落ちた。枕にはまだ母さんの吐息が匂っているような気がした、母さんはここで父さんと一緒に寝てたんだ——ニキータは母親を思い出し、そのまま気を失った。

四日後にリューバがニキータ・フィールソフの住まいを探しあて、初めて自分から訪ねてきた。昼日中《ひなか》だったので労働者たちの住まいはどこもしんとしていた。女たちは食料の買い出しに出ていたし、学齢前の小さな子供たちは中庭か森の原っぱに散らばっていた。リューバはニキータのベッドに腰を下ろし、額を撫で、自分のハンカチの端でニキータの目を拭うと問いかけた。

「どうしたの、どこが痛いの?」

「どこも痛くない」とニキータは言った。

高熱の波がニキータを、あらゆる人と身近な物から引き離し、流れに乗せてどこか遠くへ連れ去ろうとしていた。ニキータは力をふりしぼってリューバを見、記憶にとどめようとした、無関心という理性の闇の中にリューバを見失うのが怖かった。赤軍外套を縫い直したリューバのコートのポケットにしがみつき、放すまいとした、ちょうど力尽きた泳ぎ手が、沈んではまた水面に頭を出し、切り立った岸の岩壁をやっと摑んでいるように。病気はニキータを、光り輝く何もない水平線の彼方へ、はるかな沖の大海原へ、絶え間なく誘っていた。あそこに行こう、あの重いゆったりした波の上で休もう、と。

「たぶん流感ね、私が治すわ」とリューバが言った。「それともチフスかしら! でも平気よ、怖いものなんてないわ!」

リューバはニキータの肩を抱えて起こし、壁に背中をもたれさせた。そして素早く、有無を言わせず、ニキータに自分のコートを着せた。父親のマフラーを見つけて病人の頭をくるみ、冬まで転がしてあるフェルトの長靴をベッドの下から引っ張り出し、足を突っ込ませた。両手で身体を抱き支えながら、さあ足を踏み出して、と言って、悪寒で震えているニキータを通りに連れ出した。そこに辻馬車が待っていた。リューバが病人を荷台に座らせると馬車は走りだした。

「こりゃ片足は棺桶の中だぜ！」馬にそう言うと、御者はひっきりなしに手綱をさばき、だく足で郡の道を走らせた。

自分の部屋でリューバはニキータの着ているものを脱がせ、ベッドに寝かせると、毛布と古い敷物と、使い古した母親のショールでくるんだ、家じゅうの暖かい物を総動員した。

「自分の家で寝てててなんになるの？」ニキータの燃えるような体の下に毛布を折り込みながら、リューバは満足げに言った。「そうよ、なんになるの？　あんたの父さんは仕事に行ってしまうし、あんたは一日じゅう一人でしょ、誰にも看病されないで、私を恋しがってるんだもの……」

リューバはいったいどこで辻馬車の代金を工面したのだろう――ニキータは長いことこの謎を解いていた。オーストリア製の靴を売ったのか、いや教科書か（売る前にまず中味を全部暗記して）、それともひと月分の奨学金をそっくり御者に払ったんだろうか……。

真夜中になるとニキータの意識は混濁した。時たま自分がどこにいるかわかって、ストーブを焚いてその上で何か料理しているリューバが見えたが、やがて自分の脳が生み出したまぼろしが見え始めた。頭は燃えるように熱く、きつくぎゅうぎゅうと締め付けられ、ニキータの意志とは無関係に、得体の知れない幻影がその中を動きまわった。

悪寒はひどくなる一方だった。リューバは時々ニキータの額に手を当て、手首の脈を数えた。夜遅くに、ぬるめの湯冷ましを飲ませると、着ていた服を脱いで病人の毛布の中にもぐり込んだ。熱で震えているニキータを温めてやらねばならなかった。リューバはニキータを抱き、自分の体に押し付けた。ニキータは震えて赤ん坊のように身体を丸めながら、リューバの胸に顔を押し当てた。誰か他人の、自分より高貴で優れた命を少しでも間近に感じたかった、そして自分の苦しさや、凍えて空っぽの身体をいっときでも忘れたかった。でも今死ぬのは惜しかった、自分のために惜しいのではない、リューバに、自分とは別の命に、触れていたいからだ。ニキータはささやくような声で、僕は治るの、それとも死ぬの、とリューバに聞いた、リューバは勉強したんだからわかるはずだ。

リューバは両手でニキータの頭をきつく抱いて答えた。

「じきによくなるわ……。人が死ぬのはね、一人ぼっちで病気をして誰にも愛されないからよ、あんたは今私と一緒にいるじゃないの……」

ニキータは暖かくなって眠りに落ちた。

三週間ほどしてニキータは回復した。戸外には雪が舞い始め、あたり一面がにわかにしんと静かになり、ニキータは冬を越すために父親の家に帰っていった。リューバがアカデミーを終えるまで邪魔をしたくなかった。リューバもこんなに貧しい中から出ていくんだ、持っているかぎりの力を発揮できるようにしなくては。父親は息子が帰ると大喜びした。父親はそれまでも三日に一度はリューバの住まいを訪ね、息子の食べ物と、リューバにも必ず何かしらお土産を届けていた。

ニキータは昼のあいだまた製作所へ働きにいき、夕方にはリューバを訪ねて、穏やかに冬を越していった。春になればリューバは妻になり、そのあと長く幸せな暮らしが始まることが決まっていた。ほんのときたまリューバは部屋の中で、ニキータに触《さわ》ってはちょっと揺すり、それからさっと逃げ去った。そんなふうに戯れたあと、ニキータはそっとリューバの頬に口づけした。リューバは普段むやみに触れさせてはくれなかった。

「じゃないとあたし、あんたに飽きられてしまうもの。あたしたち、この先長い一生があるってのに！」とリューバは言った。「あたしってそれほど美味しくないのよ、あんたにそう見えるだけ！」

休みの日、リューバとニキータは冬の道を町はずれまで散策したり、ときにはほとんど抱き合うようにして、氷の下でまどろんでいるポトゥダニ川の川面を、夏の流れに沿って遥か下流まで歩いたりした。ニキータが腹這いになって氷の下を覗くと、静かに流れている水が見えた。リューバも並んで腹這いになり、ふたりは触れ合いながら密やかな水の流れを見つめて語り合った。ポトゥダニ川はなんて幸せなんだろう、海にまで流れていくのだ、氷の下に見えるこの水が、遠い国々の岸を通るのだ、そこでは今も花が咲いて鳥が歌っているだろう。ちょっとのあいだ水の行方《ゆくえ》に想いを馳せてから、リューバはすぐさまニキータを立ち上がらせた。いま着ている父親の古い綿入れはニキータには短くてちっとも暖まれはしないから、風邪をひくかもしれなかった。

こうしてふたりは長い冬の終わり近くまで、辛抱強く親しみ合いながら過ごした。間近に迫っている幸せの予感にふたりの胸はときめいた。ポトゥダニ川も冬の間じゅう氷の下に身を潜めているし、秋に蒔かれた麦も春まで雪の下でまどろんでいる。そんな自然のたたずまいはニキータ・フィールソフの心を落ち着かせ、慰めてさえくれた。春を前にして死んだように埋もれているのは、ニキータの心だけではないのだ。二月になるとニキータは、朝目を覚ますたびに、新しい蠅たちの羽音がもう聞こえはしないかと耳を澄ませ、中庭に出ては、遠い国から飛んでくる最初の渡り鳥が見えないだろうかと空を見上げ、隣の庭の木を仰ぎ見た。でも木々も草も蠅の幼虫も、まだ自分の力の奥深くで胎児の眠りをむさぼっていた。

二月の半ばにリューバはニキータに、卒業試験は二十日から始まることになったわ、医師が今すぐにも必要だっていうのに、誰もこれ以上ずるずると待っていられないからよ、と告げた。だから三月には試験はもう終わっている、あとは七月まで雪があろうと、川の氷が張ったままだろうと、ちっともかまわない！　自然界に春がやって来るより早くふたりの心には幸せが訪れるだろう。

ニキータは、それなら三月まで町を離れようと思った。そうすればリューバと一緒になるまでの時間が少しでも早く過ぎてくれるだろう。勤め先の製作所で、方々の村役場や学校を巡《まわ》って家具を修理する、指物師の作業班に加わることにした。

父親の方はその間、三月に間に合わせて、若い二人に贈るために大きな戸棚を作った。リューバの母さんが自分の花嫁候補になりかけたころあの家にあった衣装戸棚に似せて、時間をかけてじっくりと仕上げた。老いた指物師の目に、人生はすでに二めぐりも三めぐりもしたように思われた。それはまあ仕方のないこととして、もう何も変えることはできんのだろうか、とため息をひとつつき、父親は戸棚を橇に乗せ、息子の許嫁《いいなずけ》の家まで運んでいった。雪はもうゆるんで日差しの下で融けかけていたが、年寄りはまだ力があって、黒い土が顔を出している所でも力ずくで橇を引っぱった。父親は心密かに、わしだってこのリューバって娘を嫁にしたっていいはずだ、おっかさんには遠慮したからな、と考えた。いやいや、それは何やら気恥ずかしいし、家にはあんな若い娘を喜ばせて気を惹いてやれるようなゆとりもない。思えば人生はあまりにも理不尽だ。息子はやっと戦争から戻ったと思ったらまた出て行ってしまう、しかも今度は出たきりになる。年寄りの自分はどこかそこらの道端から物乞い女でも連れてくるしかないか。別に連れ合いが欲しいわけではない、ハリネズミやウサギを飼うのと同じで、暮らしの邪魔にもなるし家が汚れもする、それでも自分のほかに家の中に生き物がいなかったら人間でいることはできない。

リューバに戸棚を渡して、婚礼にはいつ来たらいいかと父親は聞いた。

「ニキータが戻り次第。私の方はいつでも！」とリューバが答えた。

父親はその夜更けに、ニキータが学校用の机を作っている、二十キロ余り離れた村に向かった。誰もいない教室の床に寝ていたニキータを起こして、そろそろ町に戻るがいい、もう結婚できるそうだ、と告げた。

「お前は行くといい、机の仕上げはわしが代わってやる！」と父親は言った。

ニキータは帽子をかぶると、夜明けも待たずにすぐさま町に向かって歩きだした。その夜半から夜明けまで、ニキータは空漠とした土地をたったひとりで歩いていった。野を吹く風は気ままに向きを変え、近づいて顔に触れたかと思うと背中に吹き付け、時には遠ざかって道沿いの谷のしじまに息をひそめた。丘の斜面や高台の耕作地では黒々とした地面が広がり、雪は低地に退いて、新鮮な水と去年の秋に枯れた古い草の匂いがした。その秋はもう忘れ去られた遠い昔だ。大地はいま何も持たず自由で、新たに万物を産み出そうとしている。それはまだ一度も地上で生きたことのない、初めて生まれてくるものばかりだ。ニキータはリューバのもとに急ごうとはしなかった。深夜のほのかな光の中で、すべてを忘れた早春の大地を踏みしめていくのが心地良かった。大地はかつて地上で死んだあらゆるものを忘れ、新たな夏の暖かさの中で自分が何を産み出すかを知らなかった。

明け方近くにニキータはリューバの家に近づいた。見慣れた屋根も煉瓦造りの土台も、うっすらと霜に覆われている。リューバはいま、温かいベッドの中で心地よく眠っているにちがいない。自分の都合で花嫁を起こし寒い思いをさせてはいけないと、ニキータは家の前をそのまま通り過ぎた。

その日の日暮れまでに、ニキータ・フィールソフとリュボーフィ・クズネツォーワは郡ソヴィエトで婚姻登録の手続きを済ませた。そのあとリューバの部屋に来たが、何をしたらいいかわからなかった。ニキータはいま、あまりにも完全な幸せが自分のものになったことに良心が咎《とが》めていた。自分にとってこの世で誰よりも必要な人が、自分と人生を共にしたいと望んでいる、まるでニキータの中に何かとてつもなく高価な宝が隠れてでもいるかのように。ニキータはリューバの手を自分に押し当て、長いあいだ離さなかった。リューバの手のひらの温《ぬく》もりを味わい、ニキータを愛しながら遠くで脈打っている心臓の鼓動を手のひら越しに感じ、いくら考えても解けない謎に捉われた。リューバはなぜ自分にほほえんでくれるのだろう、一体どんなわけがあって愛してくれるのだろう。自分にとってリューバがなぜ大切なのかということなら、間違えようもなくわかっていたけれど。

「まず何か食べましょうよ！」リューバはそう言って握られていた手を抜き取った。

リューバはこの日、あれこれとご馳走を用意した。アカデミーを修了した記念に、食料とお金の補助がいつもより多く支給されたのだ。

ニキータは妻が用意した、美味しくて品数の多い料理を遠慮がちに食べ始めた。これまで人にただ同然でご馳走されたことは一度もなかった、楽しむために人を訪ねたり、おまけにそこで腹いっぱい食べることなど、想像したこともなかった。

少し食べてから、リューバが先に食卓から立った。ニキータを迎え入れるように両手を広げ、声をかけた。

「さあ！」

ニキータは立ち上がって、こんな特別な、優しい身体のどこかを傷つけはしないかと、おそるおそるリューバを抱いた。リューバは自分の方からニキータを助けて強く抱き寄せたが、ニキータが「待って、僕、心臓がすごく痛くなったんです」と訴えたので、夫を離した。

戸外に夕闇がたちこめると、ニキータは明かり代わりにストーブを焚きつけようとした。ところがリューバは「いいの、だってもう勉強は終わったのよ、それに今日は私たちの婚礼の日じゃない」と言った。そこでニキータはベッドを整え始め、その間にリューバは夫の前で恥じらうことなく服を脱いだ。ニキータは父親の戸棚の陰に隠れてそそくさと服を脱ぎ、リューバの隣に横になった。

翌朝、ニキータは早いうちから起き出した。部屋を掃き、やかんでお湯を沸かすためにストーブに火を起こし、顔を洗えるように玄関からバケツで水を運んでくると、リューバが眠っているあいだ、あと何をすればいいかわからなかった。椅子に腰かけて、しょんぼりとうなだれた。リューバはたぶん、もう永久に父さんの家に帰ってしまいなさい、と言うだろう。知らなかった、快感を味わえなくてはいけないんだなんて。ニキータは自分の満足のためにリューバに苦痛を与えることなど到底できなかった、身体じゅうの力が残らず心臓で動悸を打ち喉《のど》のあたりにこみ上げてしまい、もう体のどこにも、ひとかけらの力も残っていなかった。

リューバが目を覚まして夫を見た。

「気を落とさないで、なんでもないわ」彼女はほほえんで言った。「私たち、何もかもうまくいくわよ！」

「ね、僕に床を拭かせて」とニキータが頼むように言った。「だって汚れてるもの」

「じゃあ拭いて」リューバは逆らわなかった。

《なんて不慣で弱々しい人、あんまりあたしを愛しているせいで！》ベッドの中でリューバは思った。《なんて愛《いと》おしくて大事な人、あたし、この人といつまでも処女でいてもいい！ずっと我慢するわ。でももしかして——いつか私を愛する気持ちがもうちょっと薄らぎはしないかしら、そしたらきっと強い人になるわ！》

ニキータは濡れ雑巾を手に床の上を這いずり、床板の汚れをぬぐった。リューバはベッドの上から彼をからかった。

「これであたしは奥さまってわけね！」彼女は一人で可笑しがってシュミーズ姿のまま毛布の中から這い出した。

部屋を掃除し終えるとニキータはしぼった雑巾で家じゅうの家具を拭いて、そのあと冷たい水の入ったバケツにお湯を足し、ベッドの下から盥《たらい》を引っ張り出して、リューバが顔を洗えるようにした。

お茶が済むとリューバは夫の額に口づけして、三時ごろに帰るわね、と言って、病院へ仕事に出かけた。ニキータは妻が口づけした額を手で触れてみて、ひとり家に残った。どうして今日仕事に出かけなかったのか、自分でもわからなかった。今は生きているのが恥ずかしい、もしかしたらもう、生きる必要はないのかもしれない。それならなぜパンのために働くことがあるだろう？　恥ずかしさと切なさで命が尽きるまでは、何とか生きていることにしよう、と思った。

ふたり共有の物になった家財をあれこれ見て回り、食料が見つかったので、牛肉を入れた黍粥《きびがゆ》一品だけ作って昼食にした。そんな作業をしたあとベッドにうつ伏せになり、あとどのくらい経てばポトゥダニ川の氷が割れて飛び込めるだろう、と日を数え始めた。

「氷が割れるまで待とう。そんなに先じゃない！」気を鎮めるためにそう声に出して言うと、うとうとと眠りに落ちた。

リューバは職場から、冬に咲く花の鉢を二つお祝いにもらってきた。職場では医師や看護婦たちが結婚を祝ってくれた。リューバはみんなの前で、真の女性らしい威厳と神秘さを絶やさないように振舞った。年若い看護婦や付添婦たちはリューバを羨ましがり、薬剤部に勤めているひとりの正直な女の子が、子供みたいに信じきって聞いた。「愛って何か魔法みたいに素敵なんですって？　恋愛結婚は幸せでくらくらしちゃうものだって言うけど、あれは本当？」リューバは、ええまったくそのとおりよ、人はそのためにこの世に生きているのよ、と答えた。

夕方、夫と妻はさまざまに語り合った。あたしたち子供ができるかもしれないから、前もってそのことも考えておかなくちゃね、とリューバが言った。ニキータは、じゃあ仕事場で居残って、子供の家具を作ることにするよ、小さなテーブルと椅子と揺りかごベッドを作る、と約束した。

「革命はもう永久に揺るがないんだ、これから子供を産むのはいいことだよ」とニキータは言った。「子供が不幸になることはもう絶対にないんだもの！」

「あんたはいいでしょうよ、口で言うだけだから。産まなくちゃいけないのはあたしよ！」とリューバがむくれた。

「痛いの？」ニキータは聞いた。「だったら産まなくていいよ、痛い思いなんかしちゃだめだ……」

「いいえ、あたし、やっぱり我慢したっていいわ！」リューバは請け合った。

夕闇が迫るとリューバはベッドを整えた。寝ていて窮屈にならないように、椅子を二つベッドに寄せて足を伸ばせるようにし、ベッドに横向きに寝てちょうだい、と言った。ニキータは言われたとおりに横になると押し黙り、真夜中に夢の中で泣いた。リューバは長い間眠れなかった。泣き声を耳にして、眠っているニキータの顔をシーツの端でそっと拭った。朝になって目覚めたとき、ニキータは夜半の悲しみを覚えていなかった。

その日以来ふたりの共同生活は時と共に流れていった。リューバは病院で人々を治療し、ニキータは農民用の家具を作った。空いた時間や休日にニキータは中庭や家の修理に取りかかった。リューバが頼んだわけではない、そもそもこの家は今誰のものなのか、リューバにもよくわからなかった。昔は母親のものだったが、やがて接収されて国有財産になり、そのうち国はこの家のことを忘れ、家の状態を調べにも来なかったし、家賃が徴収されることもなかった。ニキータはそんなことを気にも留めなかった。春らしい気候が定まるとすぐに、父親の知り合いに頼んで緑色の塗料を手に入れ、屋根と鎧戸をまっさらに塗り直した。そのまま手をゆるめることなく、中庭の朽ちかけた納屋を少しずつ修理し、傾いた門や塀をまっすぐに立て直し、古い穴蔵が崩れているのを見て新しい穴蔵を掘り始めた。

ポトゥダニ川の氷はもう融けだしていた。ニキータは二度、岸まで行って動き始めた水を見つめ、リューバが我慢してくれているあいだは死なずにいようと決めた。リューバが我慢してくれなくなったら、その時死んだって遅くない、川に氷が張るのはまだだいぶ先のことだ。部屋にばかりいてリューバにうっとうしく思われないように、ニキータはたいがい戸外の作業をゆっくりと進めた。ひとつの仕事がきれいに仕上がると、ニキータは古い穴蔵から粘土を少し掘り出し、シャツの裾に入れて家に持ち込んだ。床にしゃがんで、粘土でさまざまな形を捏《こ》ね上げた。人間の姿もあったし、似た物もなければ使い途《みち》もない、思いつくまま作り出した意味のない形のこともあった。たとえば獣の頭を生やした山だったり、木の根っこだったりしたが、一見普通に見えるその根っこはむやみに複雑に入り組んでいて、絡み合い、枝分かれしてはまたくっつき、自分で自分をさいなむように重なり合っていて、じっと眺めていると眠気を催してくるのだった。粘土を捏ねながらニキータは我を忘れ、思わずほほえんでいることがあった。リューバは並んで床に坐り、下着を繕ったりいつか耳にした歌を口ずさんだりしていたが、その合間に片手で頭を撫でたり脇をくすぐったりして、ちょっとニキータを愛撫した。そんな時ニキータの心は従順になり胸が締め付けられて、自分にこれ以上高尚で力強いものは必要かどうかをはかりかねた。もしかしたら人生はそれほど偉大ではなく、今すでに得ているとおりのものなのかもしれない。でもリューバは、疲れたような眼差しでニキータを見ていた、善意と幸福がリューバのつらい仕事になっているかのように、何かを耐えているような優しさがその眼差しに溢れていた。それを見るとニキータは自分の作った玩具を押しつぶして元の粘土に戻し、妻に訊ねるのだった、お湯を沸かしてお茶を入れられるようにストーブに火を点けようか、それとも何か、どこかに行ってきてほしい用事はないかと。

「ううん、いいわ」リューバはほほえんだ。「全部あたしがやるから……」

ニキータは、人生はやはり偉大で、自分の力には及ばないかもしれない、と悟った。鼓動している自分の心臓にすべての人生が集まっているわけではない、誰か他の、自分が遠く及ばない人のもとで、人生はもっと面白く、力強く、価値があるに違いない。ニキータはバケツを持つと家を出て、水を汲みに町の井戸に向かった、そこの方が通りの貯水槽よりもきれいな水が出ていた。何ものも、どんな仕事もニキータの悲しみを和らげてはくれず、子供の時のように夜が来るのが怖かった。バケツに水を満たすと、それを下げたままニキータは父親の家に立ち寄った。

「なんで式を挙げなかった？」と父さんは聞いた。「ソヴィエト式にこっそりやっておしまいかい？」

「式はそのうち挙げるよ」息子は約束した。「ねえ、一緒に小さい椅子とテーブルと、揺りかごベッドを作ろうよ。材料をもらえるように、明日、父さんから親方に話しておくれよ……。だって僕たち、もしかして子供ができるかもしれないだろ！」

「ふん、まあ、よかろ」父さんは引き受けた。「けどおまえたち、子供はそんなすぐにはできんはずだ。まだ時期にはなるまい……」

一週間後、ニキータは自分たちに必要な子供用の家具をすっかり作り終えた。毎晩仕事が終わったあとに居残って、気持ちを込めてとりくんだ。全部父さんがきれいに最後の仕上げをして、塗料を塗ってくれた。

リューバは特別のひと隅《すみ》を設けて子供の家具を並べた。未来の子供のテーブルに二つの花の鉢を載せ、刺繍入りの真新しい手拭いで椅子の背を飾った。自分と未知の子供たちのために尽くしてくれる夫を、感謝を込めて抱きしめた。喉もとに口づけし、夫の胸にひたと身を寄せ、それ以上は何もできないことを知りながら、愛してくれる人の温もりを長い間味わった。ニキータは手をだらりと下げ、心のうちを隠して、言葉なくリューバの前にたたずんでいた、無力なのに強いふりはしたくなかった。

その夜ニキータはずいぶん早く、真夜中少し過ぎに目が覚めた。静寂《しじま》の中に長い間横たわったまま、町の時報が鳴るのを聞いた、十二時半、一時、一時半と、三度続けて一つだけ鳴る時報が聞こえた。窓の外で空に何かほのかな動きが始まった。それはまだ夜明けではなく、闇がかすかに動いただけだったが、空っぽの空間からゆっくりと覆いが剝《は》がれ、室内がぼうっと見え始め、新しい子供用の家具も含めて、部屋にあるすべての物が闇の中に浮かび上がった。みんな暗い一夜を耐え抜いて、疲れきって哀れっぽく助けを呼んでいるように見えた。リューバが毛布の下で身じろぎし、ため息を一つついた。ひょっとしたらリューバも眠っていないのだろうか。念のためにニキータは息を殺して聞き耳を立てた。リューバはそれきり身動きせず、むらのない呼吸に戻っている。リューバが生きていて横で眠っている、自分の魂になくてはならないリューバは今、夫である自分のことを眠りの中で忘れている、それがニキータには快かった。リューバが無事で幸せでありさえすればいい、ニキータが生きるには、リューバがいることを意識できさえすれば充分だった。身近で愛おしい人の眠りに慰められて穏やかに眠りに落ちたが、やがて再び目を開けた。

リューバがそっと、ほとんど聞こえないような声で泣いていた。頭から毛布をかぶり、ひとりで苦しみ、音をたてずに悲しみを押し殺そうとしている。ニキータはリューバの方に顔を向けた。毛布の下でみじめに身体を縮め、何度も荒い息をして悶えているリューバが目に入った。ニキータは声を失った。どんな悲しみにも慰めがあるとは限らない。長いあいだ忘却の中で過ごすか、目の前の心配事に打ちのめされるかして、心がすっかり乾ききるまでやまない悲しみもある。

明け方になってリューバは静かになった。ニキータはしばらく待っていたが、やがて毛布の端を持ち上げて妻の顔を見た。リューバは温かい身体で、大人しく、乾いた涙の痕をつけて穏やかに眠っていた……。

ニキータは起き上がり、そっと服を着ると外に出ていった。世界は弱々しい朝を迎えていた。乞食がひとり、いっぱいに詰まったずだ袋を背負って道の真ん中を歩いていた。ニキータはただどこかを向いていくために、乞食のあとについて歩きだした。乞食は町を出て街道沿いに町境のカンテミーロフカへ向かったが、そこではるかな昔から大きな市が開かれ、裕福な人たちが暮らしていた。ただし乞食にはいつも雀の涙ほどの施し物しかくれなかったから、食べるためにはもっと先の、貧乏人の住む村々を廻らねばならなかった。その代わりカンテミーロフカでは気が紛れて面白く、市場で大勢の人の群れを眺めて過ごせば、いっとき憂いを忘れることができた。

乞食とニキータは真昼どきにカンテミーロフカに着いた。入口の柵のそばで、乞食は溝の縁に腰を下ろし、袋の中から食べ物を取り出してニキータと一緒に食べ始めた。町に入ると、乞食にはなんらかの思惑があったがニキータには何もなかったから、二人は別々の方向に別れた。ニキータは市場に入り、蓋をした商売用の大箱の陰にしゃがむと、リューバのことも暮らしのことも、自分自身のことも考えるのをやめた。

市場の番人はもう二十五年も市場に住んでいて、その間ずっと、ずんぐり肥えた産《う》まず女《め》の連れ合いと二人で、たっぷりうまい汁を吸ってきた。商人たちや協同組合の店から規格外《はず》れの肉やくず肉をいつもただでまわしてもらったし、布地や糸や石鹸などの日用品は原価で手に入れていた。ずいぶん前から自分でも不良品の空《から》容器を小出しに商っていて、預金口座にかなりの金を貯めこんでいた。番人の任務は、市場じゅうのゴミを掃き出し、肉売り場の台から血を洗い落とし、公衆便所の掃除をし、夜間に建屋内と外の売り場を見まわることだった。しかしこの男がやったのは、丈長のぬくぬくした毛皮外套にくるまって夜な夜な市場を歩きまわることだけで、汚れ仕事は市場に寝起きする貧乏人や乞食にやらせていた。男の妻はほとんどいつも、前の晩食べ残した肉入りスープをゴミ捨て場に流していたから、便所掃除の報酬に貧乏人の一人や二人食べさせるには事欠かなかった。

妻は男に年がら年じゅう口説いていた。汚れ仕事はしなさんな、その立派な白い髭にかけて、おまえさんはもう番人なもんかね、監督さんだよ。

だが浮浪者や乞食どもが、飯が食えるくらいでいつまでも働くわけがない。いっぺんは言われたことをやり、出されるものを食べ、もっとくれと言うだろうが、そのあとはまた郡の巷に消えていく。

番人はここ幾晩かたて続けに、同じ男を市場から追い払っていた。眠っているのを小突いてやると、男は起き上がって何も言わずに立ち去るが、しばらくするとまたどこか離れた売り台の陰で、横になるかうずくまるかしている。あるとき番人はひと晩じゅうこの宿無しを追い回した。どこの馬の骨とも知れぬくたびれきった生きものをなぶってやるのが面白くて、身体じゅうの血が沸きかえるほど熱中した……。二度ばかり棒切れを投げて頭に命中させたが、明け方には姿が消えていた、おおかた市場から出ていったのだろう。ところが翌朝、そいつはまたもや目に入った、便壺の穴にかぶせた蓋の上にじかに横たわって眠っている。番人が声を掛けると男は目を開いたが、何も答えずにちらと見て、何の関心も示さずにまた眠り始めた。こいつは口がきけんのだな、と番人は思った。眠っている男の腹を棒の先で小突き、ついて来い、と手ぶりで示した。

台所とひと部屋のある小ざっぱりした宿舎で、番人は男に、出がらしの脂身が浮かんだ冷めたスープを少しばかり、壺からじかに食べさせた。食べ終わると、入り口の土間から、スコップ、汚れ落とし用のへら、石灰の入ったバケツを取ってこい、と言いつけた。それで市場の便所をすっかりきれいにしろ、と。口のきけない男はどんよりした目で番人を見た。こいつは耳も聞こえんのだな……いやそんなことはない、言われたものを全部土間から取ってきた。耳は聞こえているとみえる。

ニキータは几帳面に言われた仕事をやり遂げた。番人はあとからでき具合を見にやってきて、始めてにしてはまあ良かろう、と今度は馬の繫ぎ場に連れて行き、馬糞を集めて二輪車で運び出す作業を任せた。

監督面《づら》の番人は家で、これからは晩飯と昼飯の残りはゴミ捨て場にほうらずに、ちびた鉢でも用意してそん中に空けておけ、とおかみさんに言いつけた。あの口のきけん男に始末させりゃいい。

「おまけに部屋に入れて寝かせろなんて言いだすんじゃなかろうね?」とおかみさんが訊《たず》ねた。

「だれがそんなことするかい!」主人ははねつけた。「寝るのは外に決まっとる。耳は聞こえるんだからな、寝ながら泥棒の番をして、なんか聞きつけたらわしに知らせに来させるさ……。茣蓙《ござ》でも出してやれ、どこか見つけて敷きおるだろ……」

町境の市場でニキータは長い時を過ごした。まず喋ることを忘れ、考えること、思い出すこと、苦しむことも稀になった。ごくたまに重い石のようなものが胸にのしかかったが、何も考えずにそれに耐えた。そのうち悲しみの感情がニキータの中で次第に疲弊し、やがてどこかに抜けていった。市場で寝起きすることに慣れ、大勢の人混みや喧噪や、毎日何かしら起きる事件に紛れて、自分についての記憶を失くし、食べたいとか休みたいとか父親に会いたいという、自分のための欲求も感じなくなった。ニキータは休む暇なく働いた。夜中でさえ、静まりかえった市場の空箱の中でニキータがちょっとまどろみ始めると、監督面の番人が寄ってきて、うとうとするだけにして耳はしっかり開けておけ、ぐっすり眠ることはならん、と命令した。「何があるかわからんでな。ついこのあいだもごろつきどもが売り場から板を二枚はぎ取って、蜂蜜をごっそり盗み食いしおった。パンもなしによくもまあ……」明け方にはニキータはもう大忙しで働いていた。人々がやって来る前に市場を片づけないといけない。昼は昼で食べる暇もない。既肥《きゅうひ》を掻き出して既肥集めの荷車に積むやら、汚物用の穴を新たに掘るやら、番人が売り子からただでせしめた古い木箱をばらすやら、仕事が途切れることはなかった。ばらした木箱の板は一枚ずつ、番人が村人に売りつけていた。

夏の盛りにニキータは捕えられ、投獄された。村の消費組合の出店から油化製品の商品が盗まれて、ニキータに嫌疑がかかったのだ。だが取り調べの結果、この口のきけない憔悴しきった男は自分の容疑に対して無関心過ぎる、という理由で放免された。男の性格といい市場の番人の手伝いというつましい仕事といい、生きることへの欲望もなければ、飲み食いや快楽への関心も見られん、なにしろ牢屋の食事さえろくに食べ切らん奴だ。個人の物であれ公けの物であれ、こいつは物の価値というものを知らん、と判事には思えたし、盗みの状況にも直接の証拠はなかった。「こんな奴を入れて牢屋を汚すことはない！」と判事は判断した。

ニキータはまる五昼夜牢屋にいたが、出てくるとまた市場に姿を現わした。番人はニキータがいないあいだ仕事でくたくたになっていたから、売り台の陰に再び口のきけない男を見た時の喜びようといったらなかった。年寄りはニキータを住まいに呼び入れ、いつもの秩序にも倹約癖にも反して、できたての熱いスープを食べさせた。「一回ぐらい食わせても破産するわけじゃなし！」年取った番人は自分を慰めた。「この先また、前の晩の冷えた残り物に移りゃいいさ、もし何か残ったとしたらな」

「さ、乾物売場のゴミを掻き集めてこい」ニキータが主人のスープに少しばかり口をつけると、番人は言いつけた。

ニキータは習慣になっていた作業をしにいった。今では自分というものをほとんど感じなくなり、たまたまふと頭に浮かぶことの他は、何か思うことも稀だった。おそらく秋までには自分が何者かすっかり忘れ、まわりで起きるできごとも、目には入っても意識することはなくなるだろう。はた目にはこの男もそれなりに生きているように映るかもしれないが、実際には物のようにそこにいるだけになるだろう、記憶と理性と感覚を失った世界が、男にとっての家庭の温もりであり、死のような悲しみから隠れるための避難所だとでもいうように……。

牢屋から戻ってほどなく、夏も過ぎて夜が長くなりだしたころのこと、夕方ニキータが規則どおり市場の便所に錠を下ろそうとすると、中から声がした。

「おい、ちょいと待ってくれや！　何かい、こんな所にも盗られる物があるんかい？」

ニキータは人が出るのを待った。出てきたのは、空袋を小脇に抱えた父親だった。「やあ、ニキータ！」初めにひと言そう言うと、父親は不意に堪らなそうに泣きだした。涙を恥じてそんなもの流れていないというように、何かで拭おうともしなかった。「わしらは、おまえはとうに死んだと思っておったのに……。それじゃおまえ、無事だったのか？」

ニキータは、痩せこけて憔悴した父親を抱きしめた。感じることをやめていた心が、この時ぐらりと動いた。

二人は誰もいない市場を歩いて、二つの売り台に挟まれた通路に休む場所を見つけた。

「わしは小麦を買いに来たんだ、ここの方が安いからな」父親がわけを話した。「それがほれ、着くのが遅れて、もう店じまいしておった。それで夜明かししてあした買って帰るつもりだが……。おまえはどうしたんだ？」

ニキータは答えようとしたが、喉が干上がっていて、喋り方も忘れていた。何度か咳をして、かすれ声を絞り出した。

「僕はなんでもない。リューバは生きてる？」

「川に身を投げたがな」と父親は告げた。「すぐに漁師たちが見つけて、引き上げて息を吹き返させてくれた。病院にも入っておったが、よくなった」

「今は生きてる？」ニキータが小さな声で聞いた。

「ま、今のところ死んではおらん」と父親は言った。「しょっちゅう喉から血を吐いておる、飛び込んだとき風邪を引きこんだとみえる。まずい時を選んだからな、このところおかしな天気で、水が冷たかった……」

父親はポケットからパンを取り出し、半分を息子にやって、二人でパンを少しかじって夕食にした。ニキータは黙ったままで、父親は地面に袋を敷いて寝支度をした。

「おまえ、寝る所はあるのか？」と父親は尋ねた。「なんならこの袋を敷いて寝ろ、わしは地面にじかに寝るさ。年寄りだから風邪もひくまい……」

「リューバはなんで身投げしたの？」ニキータはかすれ声を出した。

「おまえ、喉でも痛いのか？」父親は尋ねた。「そんなもんは治る！　おまえのことをえらく嘆いて、恋しがって、それでだわい……。まるひと月、ポトゥダニ川の岸を行ったり来たり、百キロほど捜し歩いておった。ニキータは川に飛び込んだんだ、浮かんでくる、と言ってな。ひと目おまえを見たかったんだ。それがこんなところで生きとったのか。よくないわい……」

ニキータはリューバを思った、すると悲しみと力が再び心に満ちてきた。

「父さん、ひとりで寝ておくれよ」とニキータは言った。「僕は行って、リューバの様子を見る」

「それがいい」父親は肯いた。「今歩くと涼しくて気持ちがいいぞ。わしは明日帰るから、それからまた話そう……」

ニキータは町境を出て、人ひとりいない郡の街道を走り始めた。疲れるとしばらく歩いたが、そのあとまた、自由で軽やかな大気の下で暗い野原を駆けた。

夜遅くにニキータはリューバの部屋の窓を叩き、いつか自分が緑色の塗料を塗った鎧戸に手を触れた。夜の闇のせいで鎧戸は深い藍色に見えた。ニキータは窓ガラスに顔を押しつけた。ベッドから垂れた白いシーツから室内に弱い光が広がっていて、父親と一緒に作った子供用の家具が見えた、家具は全部あの時のままだ。そこでニキータは強く窓枠を叩いた。だがリューバは今度も応える気配がなく、窓の方に来てニキータを見ようとはしなかった。

ニキータは枝折り戸を通りぬけ、入口の土間に入り、さらに部屋の中に入った。どの戸にも鍵はかかっていない、この家の住人には、泥棒から持ち物を守ろうという気遣いがなかった。リューバはベッドで、頭からすっぽり毛布をかぶって寝ていた。

「リューバ！」ニキータはそっと呼びかけた。

「何？」リューバは毛布の下から聞いた。

リューバは眠っていなかった。恐ろしさと病気のためにひとりでじっと横たわっているのか、それとも窓を叩く音やニキータの声を夢だと思っているのだろうか。

ニキータはベッドの端に腰を下ろした。

「リューバ、僕だよ！」とニキータが言った。

リューバは顔から毛布をはね除けた。

「すぐこっちに来て！」リューバはいつもどおりの優しい声で言い、ニキータの方に手を伸ばした。

これは全部、今すぐ消えてしまうんだわ――リューバは恐ろしさのあまりニキータの両腕にしがみつき、自分の方に引き寄せた。

ニキータはリューバを抱いた、渇望する魂の内側へ愛する他者を包み入れようとする、あの力で抱きしめた。でもすぐに我に返って自分を恥じた。

「痛くない？」ニキータは聞いた。

「いいえ！　ちっとも痛くないわ」リューバが答えた。

ニキータはリューバのすべてを、あますところなく欲しいと望んだ、それでリューバが癒されてくれるならばと。残酷で、かつ哀れな力がニキータに満ちてきた。けれどリューバとこうして間近に交し合う愛は、あのいつも知っていた喜びよりも崇高なものではなかった。ニキータはただ、今は自分の心臓が身体の全部を支配しているのがわかり、貧弱だがなくてはならない快楽のためにも、血液がゆきわたっているのを感じた。

リューバはニキータに、よかったらストーブを焚いて、と頼んだ。外はまだ当分のあいだ暗いでしょう、明かりで部屋を照らして欲しいの、どうせもう眠くはないし、夜明けを待ちながらニキータを見ていたいの、と。

だが土間にいくと薪が一本もなかった。そこでニキータは中庭に出て納屋の板を二枚剝ぎ取り、細かく割って木《こ》っ端《ぱ》を作り、鉄のストーブに火をつけた。火が充分燃え上がると、ニキータは焚口の戸を開けて、明かりが外に出るようにした。リューバはベッドから下り、ニキータと向かい合って、明かりに照らされた床に座った。

「あんた、これでいい？　もう私と暮らしても平気？」リューバが聞いた。

「ああ、僕、これでいい」とニキータは答えた。「これで君と幸せでいることに慣れたよ」

「もっと火を強く焚いて、あたし何だかぞくぞくするの」リューバが頼んだ。

リューバはいま、着古したネグリジェを一枚着ているだけだった、夜更けの冷え冷えした薄闇の中で、痩せ細った体が凍えていた。

ユーシカ

遠い昔、古い時代のこと。私たちの通りに、見たところひどく年老いたひとりの男が住んでいた。男はモスクワに通じる大きな街道沿いの鍛冶場で働いていたが、目があまりよく見えないうえに腕っぷしも弱かったので、親方の下働きとして雑用を手伝っていた。鍛冶場に水や砂や石炭を運んだり、ふいごで炉の火をあおったり、親方が熱い鉄を鍛えるときに焼けた鉄の塊をやっとこで挟んで金敷の上に押さえていたり、蹄鉄を打つために馬を台のそばまで引いてきたり、そのほか鍛冶場で必要な仕事は何から何までやっていた。男はエフィームという名前だったが、誰もがユーシカと呼んでいた。背は低くやせっぽちで、皺だらけの顔にはあごひげや頬ひげの代わりに、灰色の毛がぱらぱらとまばらに生えていた。目は盲人みたいに白っぽくいつもうるんでいて、涙が乾かないで溜まっているようにみえた。

ユーシカは主人の家の台所に寝泊まりしていて、毎朝鍛冶場に出かけていき、夕方になると帰ってきた。パンとスープと粥《カーシャ》は主人が労賃として食べさせていたが、お茶と砂糖と着るものは自分持ちだったから、月に七ルーブリ六十コペイカの賃金の中から買わなくてはいけなかった。でもユーシカはお茶も飲まず、砂糖も買わず、服は何年も同じものを着ていた。夏のあいだはズボンに上っ張りを着ていたが、どちらも煤で真っ黒に汚れ、火花であちこち焼け焦げができ、焦げ穴から白い肌が透けて見え、足といえば裸足だった。冬は上っ張りの上に亡くなった父親の残した毛皮の半オーバーを羽織り、秋のうちに繕っておいたフェルトの長靴《ワーレンキ》をはいた。それも何年たっても替えたことがなかった。

朝早くユーシカが鍛冶場に向かって通りをいくと、年寄りたちが起き出して、ほらユーシカが仕事にいくぞ、もう起きる時間だよ、と言って若い者たちを起こした。夕方ユーシカがねぐらに戻るときには、さあ晩ご飯を食べて寝る時間になった、ユーシカももう寝に帰るところだよ、と人々は言い交わした。

小さい子ももう大人に近い子供たちも、年老いたユーシカがとぼとぼ歩いていくのを見ると、道ばたで遊ぶのをやめてユーシカを追いかけ、喚声をあげた。

「わーい、ユーシカだ! ユーシカが行くぞ!」

そして地面から枯れた小枝や小石を拾ったり泥をひと摑みすくい上げたりして、ユーシカめがけて投げつけた。

「ユーシカ！」子供たちは叫んだ。「おまえはほんとにユーシカかぁ？」

年取った男はなにも答えず、腹を立てもしなかった。相変わらず静かに歩き、飛んでくる石や土くれから顔を守ろうともしなかった。子供たちは、ユーシカが生きているのに怒らないのでびっくりした。そこでまたもや年寄りに向かってはやしたてた。

「ユーシカ、お前はほんものか、うそっこか？」

また地面から何か拾っては投げつけて、駆け寄って体をぐいぐい押した、どうしてユーシカは怒鳴らないのか、小枝を振りあげて追いかけてこないのかわからなかった、大人ならみんなそうするのに。こんな大人は見たことがないから、ユーシカはほんとに生きてるんだろうかと不思議がった。手で触ったり叩いたりしてやっと、固い身体があって生きているんだと合点がいった。

そこでまた小突いては土くれを投げつけた。生きてるんだったら怒ったらどうだ。でもユーシカは何も言わずに歩いていく。すると子供たちの方がユーシカに腹がたってくる。黙ってばかりいて、脅かしも追いかけもしないなんて張り合いがない、遊んでいてもつまらない。だからますますひどく小突いたり、やーいやーいとはやしたりした、面白くなるように仕返しして欲しかった。そしたらさっと逃げていき、怖いけどわくわくしながら、遠くからまたはやしてやろう、こっちだぞーと呼びながら、立ち込めてくる夕闇の中に逃げこんで、どこかの家の入口か、庭や畑の茂みに隠れよう。でもユーシカは子供たちに手も上げず、何もしようとしなかった。

子供たちがすっかり道を塞いで先に行かせなかったり、あまりひどく痛い目に合わせたりするとユーシカは言った。

「何だね、坊やたち、かわいいちびさんたち！　みんなわしが好きなんだね！　……どうしてそんなにわしに構いたいのかねえ？　おっと、そんなに押すんじゃない、目に泥を投げるからなんにも見えないよ」

耳を貸す子もいなければ、ユーシカをわかってやる子もいなかった。みんな小突くやら笑うやら、ユーシカにはなんでもやりたい放題、しかもなんの仕返しもされないから、嬉しくてたまらない。

ユーシカも嬉しかった。子供たちが自分をからかったりいじめたりするわけはわかっている。みんな自分が好きなんだ、この子らには自分が必要なんだ、ただ子供たちは人を愛することが下手で、愛するすべを知らないんだ、だからいじめるのだと信じていた。

子供たちが勉強しなかったり言うことを聞かなかったりすると、父さん母さんは家でこう言って叱った。「大きくなったらユーシカみたいになるよ！　夏は裸足で、冬はぼろぼろのフェルト靴をはいて、みんなからいじめられて、お茶も砂糖もなしで水しか飲めなくなるんだよ！」

いい年をした大人たちも、通りでユーシカを見かけるといじめることがあった。大人にはひどくつらいことや腹の立つことがあったり、酒に酔っていたりして、心が荒れすさむときがある。鍛冶場への行き帰りにとぼとぼと歩くユーシカを見ると、大人たちはこんな言葉を浴びせかけた。

「きさま、なんだってそんないかれた阿呆面《づら》して歩いてんだ？　腹ん中で何考えてやがる？」

ユーシカは立ち止まり、耳をかたむけるが、言葉は何も返さない。

「口がきけんのか、このどん畜生！　おいらみたいに当たり前に、正直に暮らしてみろ、隠し事なんざしないでよぉ！　やい、まっとうに暮らしますって言え！　いやだと？　ようし！　ならこうしてやる！」

ユーシカの方ではひと言もしゃべらないままこんなやりとりをした大人は、やっぱり何もかもこいつが悪いと固く信じ込み、すぐさまユーシカを殴りつけた。ユーシカが逆らわないので相手はますます逆上し、初め思ったよりも激しく殴って、怒りに身をまかせることでいっとき自分の不幸を忘れるのだった。

ユーシカはそのあと長いあいだ、道路の土ぼこりの中に横たわっていた。正気に返って自分で起きだすこともあったが、ときには鍛冶屋の親方の娘が迎えに来て、ユーシカを起こして連れ帰った。

「あんた、死んだ方がましなのに、ユーシカ」と親方の娘は言った。「なんだって生きてるの？」

ユーシカはびっくりして娘を見た。生きるために生まれてきたのに、死んだ方がましとはどういうことだ。

「父親と母親がわしを産みなすったんだ、ふた親のおぼしめしでな」とユーシカは答えた。「わしは死んではならん。それに鍛冶場でお前の父さんの手伝いもしている」

「へえー、そんな手伝い、いくらでもほかに見つかるわよ」

「みんなはな、ダーシャ、わしを好いているんだよ！」

ダーシャは笑った。

「あんた今、頬っぺたが血まみれよ、先週なんか耳を切られたくせに、よく言うわ、みんながあんたを好いてるなんて！」

「みんな自分でもわからんままで好いてるのさ」ユーシカは説いた。「人の心はな、ものが見えんことがあるんだよ」

「あの人たち、心はものが見えなくても目はしっかり見えてるわ！」ダーシャはにべもない。

「ま、さっさと歩きましょ！　心では好いてても、頭じゃあんたを叩くんだから」

「頭ではわしに怒っとる、まったくだ」ユーシカは同意した。「通りを歩くなと言って、体を痛めつけるからなあ」

「ああ、ユーシカ、ユーシカ、あんたって人は！」ダーシャはため息をついた。「父さんに言わせると、まだそんなに年寄りじゃないってことなのに！」

「年寄りなもんかね！　子供の時分から胸を患っているんでな、病気のせいで端《はた》からは年取って見えるのさ」

この病気のためにユーシカは、毎年夏になるとひと月のあいだ親方から暇をもらった。人里離れた遠くの村へ歩いて出かけていたが、そこにはおそらく、ユーシカの身寄りが住んでいたのだろう。どんな身寄りか知っている者はいなかった。

当のユーシカでさえうろ覚えで、ある夏は村に亭主を亡くした妹がいると言い、次の年には姪だと言った。村に行くと言ったかと思えば、なんとモスクワまで行くと言ったりした。人々は、どこか遠い村にユーシカの愛しい娘がいるのだろう、それは父親と同じように大人しい、誰にも必要とされない娘だろう、と思っていた。

七月か八月、ユーシカはパンを入れた背負い袋を肩に、私たちの町をあとにした。道すがら草や森の木々から立ちのぼるかぐわしい空気を吸い、白い雲を仰ぎ見た。空の彼方で生まれ、漂い、やがて明るい大気のぬくもりの中に消えていく雲を見、浅瀬で石とたわむれる川のつぶやきに耳を澄ませていると、病んでいるユーシカの胸は安らぎ、結核の病《やまい》をもう感じなかった。町が遠ざかり人の気配がすっかり絶えると、ユーシカはもう、生きとし生けるものへの愛情を隠そうとしなかった。大地に身を屈め、吐く息で傷めないように気づかいながらそっと花に口づけし、木々の肌をなで、道端に死んだように転がっている蝶やコガネムシを拾い上げた。その顔をまじまじと見つめながら、この虫たちがいないなら自分はみなしごになってしまう、と思った。でも空では生きた鳥たちが歌っているし、草むらではトンボやコガネムシや働き者のキリギリスが陽気にさざめいている。おかげでユーシカの心は軽くなり、花々の甘い空気が胸いっぱいに満ちてきた。花はしっとりと濡れて、日の光の香りを漂わせていた。

ユーシカは休み休み道中を進んだ。道ばたの木陰に腰を下ろし、静けさと暖かさに包まれてまどろんだ。休息して野原の空気を思いきり吸うと、病を忘れ、健康な者のようにはつらつと歩みを進めた。齢《よわい》はまだ四十だというのに、長年病いに苦しめられ、年より早く老けこんで、見た目にはすっかり老人のように見えた。

こうしてユーシカはくる年もくる年も、野や森を越え川を渡って出かけて行った。それが遠くの村なのか、それともモスクワなのか、そこで誰かが待っているのかいないのか、町ではだれも知らなかった。

ユーシカはたいがいひと月たつと町に戻り、また朝から晩まで鍛冶場で働きだした。元どおりの暮らしが始まり、またもや通りの住人たちは、子供も大人もユーシカをからかい、なんの仕返しもしない愚鈍さを笑っていじめるのだった。

ユーシカは次の年の夏までを大人しく過ごし、夏の半ばになると背負い袋を肩にかつぎ、一年のあいだ働いて貯めた百ルーブリほどのお金を特別の小袋にしまい、懐の胸のあたりに下げて、どことも知れず誰とも知れない人のもとへ出かけて行った。

だが年々ユーシカは弱っていった、ユーシカの生きるべき時が過ぎていき、胸の病が身体をむしばみ、衰えさせていったのだ。ある夏、もう遠くの村へ出かける時期が来ていたのに、ユーシカはどこにも出かけようとしなかった。いつもの晩と同じように、濃くなっていく夕闇の中を、鍛冶場から親方の家へとぼとぼと歩いていた。顔見知りの男が一杯機嫌で通りかかり、からかった。

「このかかし野郎、よくもおれたちの地面を踏みおって！　おっ死《ち》んだらどうなんだ。おまえがいなくなりゃ気が晴れるかもしれないや、でないとまったく滅入っちまうぜ……」

このときユーシカは腹を立てた――おそらく生まれて初めてのことだろう。

「わしが何をした、なんの邪魔をした！……わしはふた親から命を授かって、法にかなって生まれて来たんだ、わしもおまえも同じように世の中に必要なんだ、わしもいなくてはいかんのだ！……」

通りがかりの男は最後まで聞かずにかっとなった。

「なんだと！　何をぬかす？　俺さまを、この俺さまを、きさまと同じにする気か、このきじるしのど阿呆が！」

「同じにはしてはおらん」とユーシカは言った。「この世に必要なことでは、わしらはみんな同じだがな……」

「なんだとぉ、こざかしい！」通りがかりの男は喚いた。「俺さまより賢いつもりか！　ぺらぺら御託を並べおって、その頭、叩き直してやらあ！」

男は手を振り上げ、怒りにまかせて力いっぱいユーシカの胸を突いた。ユーシカは仰向けに倒れた。

「休んでな」そう言うと男はお茶を飲みに家に帰って行った。

少し横たわってからユーシカはうつ伏せになったが、その後はもう動くことも、起き上がることもなかった。

ほどなく一人の男が通りかかった。家具製作所で働いている指物師だ。おいユーシカ、と声をかけ、ユーシカの身体をごろりと返して仰向けにした。暗がりの中に、開いたまま動かない白い目が浮かんで見えた。口のまわりが黒ずんでいる。手のひらで拭うと、ぬるぬるした血の塊りだった。顔を伏せていたあたりをさわってみると、ユーシカが喉から吐いた血で地面がじっとり濡れていた。

「おっ死《ち》んだか」指物師はため息をついた。「お別れだ、ユーシカ、わしらみんなを許してくれ。みんなおまえのことを人間扱いしなかったなあ、けどおまえを裁ける者がどこにいる！……」

鍛冶屋の親方がユーシカの弔いの手配をした。親方の娘ダーシャがユーシカの身体を清め、遺体は鍛冶屋の家のテーブルに安置された。すべての人が最後の別れにやってきた。老いも若きも、ユーシカを知っていて、生前からかったりいじめたりした人々が、一人残らず訪れた。

そしてユーシカは埋葬され、忘れられた。だがユーシカがいなくなると人々は暮らしにくくなった。悪意も嘲笑もはけ口を失って、全部お互いのあいだでくすぶりだした。他人のどんな憎しみも、残酷さも、からかいも敵意も、逆らうことなく耐えていたユーシカが、今はいないからだ。

ユーシカのことがまた思い出されたのは、秋もすっかり深まってからだった。ある暗い荒れ模様の日のこと、一人の若い娘が鍛冶場を訪ねてきて、エフィーム・ドミートリエヴィチはどちらでしょうか、と親方に問いかけた。

「どこのエフィーム・ドミートリエヴィチだって？」鍛冶屋は驚いた。「そんな者はうちにいたことがないがね」

そう聞いても娘は立ち去ろうとせず、黙って何かを待つふうだった。このどえらい雨風のやつ、いったいどこの馬の骨を連れ込んだのやらと、鍛冶屋はちらと娘に目をくれた。体つきは痩せて小柄だが、柔和で清らかな面立ちがそれは優しくつつまし気で、大きな灰色の目があまりに悲しそうで今にも涙があふれそうなのを見て、鍛冶屋はちょっと心が和らぎ、そして不意に思い当たった。

「ひょっとしてユーシカのことじゃないかい？　そうだ、パスポートにゃドミートリエヴィチとなってたっけ……」

「ユーシカです」娘は低い声でささやいた。「間違いありません。自分のことをユーシカって呼んでいました」

鍛冶屋はしばらく無言だった。

「お宅はどなたですかね？　親戚ですかい？」

「私、誰でもありません。孤児だったんです、小さかった私をエフィーム・ドミートリエヴィチがモスクワで人の家庭に預けて、それから全寮制の学校に入れてくださったんです。毎年私に会いにこられて、生活費と学費にって、一年分のお金をおいていかれました。私、いま成人して大学を終えたんです、それなのにエフィーム・ドミートリエヴィチはこの夏、会いにこられなかったんです。教えてください、あの方はどこなんですか。——二十五年お宅で働いてると伺っています……」

「四半世紀もたったか、一緒に年を取ったもんだ」

主人は鍛冶場を閉めて、客人を墓地に案内した。娘は、亡きユーシカが横たわる大地に身を伏せた、子供の時から自分を養い、自分に食べさせるために決して砂糖を口にしなかった人は、そこに眠っていた。

娘はユーシカが何を患っているか知っていて、いま医師になるための学業を終え、その病《やまい》を治すためにやってきたのだ。自分をこの世の何ものよりも愛《いつく》しんでくれた人、自分もまた、心のあたたかさと明るさのすべてで愛した人を治すために……。

そのときからずいぶん年月《としつき》が流れた。医師になった娘は私たちの町に永久に住みついた。結核患者のための病院に勤め、どこかに結核を病む者がいればその家を訪ねて診《み》てやり、お礼は誰からも受け取ったことがなかった。今ではその娘もすっかり年を取ったけれど、相変わらず一日じゅう病気の人々を治療し、慰め、衰弱した者の苦しみを和らげ、死を遠ざけるために倦むことなく奮闘している。町では知らない者はなく、みんな「善良なユーシカの娘」と呼んでいる。でもユーシカという人のことも、娘がユーシカの実の子ではないことも、憶えている者は誰もいない。

セミョーン

——過ぎた時代の物語——

七歳の子供が、長い夏の日に朝から晩までめいっぱい働いていた。自分よりさらに年のいかないふたりの弟の面倒をみていたのだ。一番小さい妹はまだ母さんが自分のそばにおいていたから、七歳になる長男は、いわばいましばらくこの子の世話は休んでいることができた。でも間もなくこの子も自分にまかされるのがわかっていた、母さんのお腹《なか》がまたふくらみだしたのだ。母さん自身は、これは食べ物のせいよ、と息子に言っていたけれど。七歳のセミョーン・ポノマリョーフの父さんと母さんは善良な人たちだったので、母さんはたえまなしに子供を産んでいた。一人が乳離れするかしないうちに、もう次の子を宿していた。

「みんな生かしてやればいい」妻がまた身ごもったと知って、父さんは言った。「あっちで苦しませとくことはないさ」

「あっちってどこなの、父ちゃん?」セミョーンは訊ねた。「あっちじゃみんな生きてないの？」

「そりゃそうだよ」父さんは答えた。「わしらと一緒にいないってことは、生きてないってことだ」

「あっちじゃ苦しいの？」

「だってほら、みんなこっちに這い出してくるだろ。そりゃつまり苦しいからだよ」父さんは言って聞かせた。「わしらと暮らすのは難儀なことさ、お前はもう大きいから自分でもわかるだろ、でもあっちはもっと難儀なんだ……」

「ここの暮らしは難儀だよ」母さんは一番末の女の子の口におしゃぶり代わりのパン切れを入れてやりながら言った。「ああ、ほんとに難儀だよ」

父さんは優しい、力強いまなざしを母さんに向けた。

「大丈夫さ。育っていけばいい。あの子ら、生きないでいるのはもっと難儀なんだ」

生まれてほんの三、四年のあいだ、セミョーンにはのびのびした子供時代があったけれど、そのあとはもうそんな時間はなくなった。父さんが籠と鉄の車輪で手製の手押し車を作り、母さんはセミョーンに、食事の支度をしているあいだ、小さな弟を乗せて中庭で押しておいで、と言いつけた。昼のあいだ小さな弟は眠っていたが、じきに目を覚ましては泣いた。そのたびにまた中庭をぐるりと回らなくてはいけなかった。納屋の前、便所、菜園の枝折《しお》り戸を過ぎて、離れと生垣の横を通り、道路に面した門の前を通ったら、そこからまた納屋に戻る。やがてもうひとり弟が生まれ、その子が少し大きくなると、ふたり一緒に手押し車に乗せて、へとへとになるまで中庭を押して回った。力が尽きると窓から母さんにパンをねだり、母さんが一切れくれると、また手押し車の横木に全身で寄りかかり、懸命に押していった。麦わらや塵や、小石や、まばらに生えている草のあいだを通りながら、長い道のりの中でいつしか我を忘れ、眠い目でそれらを見下ろしながら何かささやき合ったり、この麦わらも草も僕とおんなじだ、という思いにとらわれたりした。だから僕も寂しがっちゃいけない、みんな黙っていて、だれも寂しいなんて言わないじゃないか。時々セミョーンは手押し車の中の弟たちとお喋りをした、でも弟たちにはセミョーンの言うことがほとんどわからなかったし、しょっちゅう泣いた。あんまり長いあいだ泣くとひとりずつ頭を叩いてこらしめることもあったが、そんなことはめったにしなかった。弟たちはいかにもか弱そうに見えたし、もしかしたらこの子たちが泣くのは、生まれてくる前のまだ生きていなかった所へ追い返されるのが恐くて、おびえて泣くのかもしれないからだ。『みんな生かしてやればいい』――セミョーンも賛成だった。時々セミョーンは窓をのぞいて母さんに聞いた。

「ねえ、もういい?」

「まだまだ、もっと押していて!」部屋から母さんが返事した。

母さんは中で料理をし、末の娘に乳を飲ませてあやし、洗濯し、下着の破れやほころびを繕い、床を洗い、ほんのはした金なのに大金でも倹約するみたいに、娘を抱いて倉庫の付近まで行って薪を拾ってきたりした。倉庫へ薪を運んできた百姓たちは、何かの拍子に積み荷から薪が落っこちても、馬が楽になるといって拾わなかった、なにしろ薪は他人《ひと》さまのもの、馬は自分のものだから。

セミョーンの父さんは鍛冶職人で、父さんの働いている鍛冶場は、千露里《ヴェルスタ》〔約千キロメートル〕先のモスクワのさらに先まで続く街道沿いにあった。父さんは家では寝るだけで、朝は誰よりも早く起き、パンを一片《ひとかけら》持って出て行った。晩は冬も夏も暗くなってからしか帰らなかったから、一番上の子セミョーンでさえ起きていることはめったになかった。寝る前にはいつも、眠っている子供たちの間を膝立ちでまわり、古いぼろ布を具合よくかけ直してやり、ひとりひとりの頭をなでてやった。みんなが愛おしく不憫《ふびん》でならないと言葉では言えなくて、貧しい暮らしをさせてすまないと詫びているように見えた。そのあとようやく、子供たちと一列になって床に寝ている母さんのそばに横になり、冷たいこわばった自分の足を母さんの暖かい足に重ねて眠りについた。

朝目を覚ますと、子供たちは泣きだした――みんなお腹《なか》がすくし喉も渇くし、生きること自体が不気味でなじめないのだった。それに骨がまだしっかり固まっていないせいで、たえずどこかが痛かった。セミョーンひとりだけは泣かないで、黙って空腹をこらえ、まず弟たちの面倒をみてやり、それから母さんと一緒に小さい子供たちが食べ残したものや、たまたま何か傷《いた》みかけたものがあれば無駄にしないようにそれを食べた。もう長い間生きてきた母さんはお腹《なか》がすいてもそれほどつらくはなかったけれど、セミョーンは昼食まで切なくてならなかった。弟たちを手押し車で押しながら、空腹のあまり心臓がきりきり痛んで悲しくなり、そんな自分を忘れるために泣いたりそっとすすり上げたりした。弟たちは手押し車からそれを見て、兄ちゃんでさえ何か怖がってるんだと思っておびえてしまい、負けずに泣き叫び始めた。するとセミョーンは捨ててある暖炉の灰の中から消し炭を拾い上げるか、離れの壁から漆喰をはがすかして、弟たちに持たせた。二人はそれをがつがつしゃぶったりかじったりし始めて、泣くのをやめた。納屋の先に鶏小屋と生垣と納屋の壁に囲まれた所があって、野生のゴボウの葉が茂り、金屑やごみなどが転がっていた。セミョーンは弟たちを乗せた手押し車をそこまで押して行き、自分は通りへ出ていった。何か落ちていないかと目を凝らしながら、他人の家々の前を歩き回った。かじったリンゴかニンジンの端っこが見つかった時が一番嬉しかった。拾って口に入れると、満足で心臓がとろんとなり、すぐさま笑い声を上げて弟たちのところに駆け戻った。あの子たちときたらセミョーンがいないあいだに手押し車から這い出して、どこか知れない所に永久に消えてしまうかもしれないのだ。セミョーンは走りながらシャツの裾を持ち上げて自分のお腹《なか》をのぞいた、そこには自分とは別の誰かが棲みついていて、セミョーンをいじめたり可愛がったりしているように思えた。でも誰もいない方がいい、つらい目にあわされないで自分ひとりでいる方がいい。

弟たちは本当に手押し車から自力で這い出すことがあった、一人は這い這いしかしないが、もう一人はよちよち歩きができた。歩ける子の方は遠くに行く心配はなかった、出くわす物が何もかも体にぽかぽかぶつかってきて、額や脇腹やお腹を叩くから、痛さのあまりじきに倒れて泣きだした。這い這いしかできない下の弟、ペーチカの方が危なかった。まだ全身が柔らかく、赤ん坊なのでふんわりしていて、のろのろ這うから物がぶつかっても強くは当たらない。生垣の下の隙間を人目につかずにくぐり抜けて、どこか遠い他所《よそ》の家の中庭で草むらや茂みに隠れたり、犬小屋で眠り込んだりするかもしれない。

弟たちを集めて手押し車に戻すと、セミョーンはまた土の上を押し進め、世界にはどんなすごい雨が降ったり稲妻が鳴ったりするか、お金持ちの住む町にはどんな塔が建っているか、話して聞かせた。兄ちゃんはもう長いあいだ生きていて全部見てきたんだ、兄ちゃんには森のはずれに鉄でできた家があって、真夜中にそこに行って、世にも恐ろしい姿でひとりで住んでいるんだ、兄ちゃんはそこで狼たちを治める帝王なんだ。弟たちは恐れおののき、信じきって聞いていた。末の弟ペーチカはほとんど何もわからないくせに、同じように怖がった。

セミョーンは自分の話を聞きながら、自分でも面白くなった、現実には鉄でできた家もなく、真夜中に狼たちの帝王になることもなかったけれど、自分の空想で本当に幸せになった。弟たちはあんぐり口を開け、瞬きすることも忘れて、セミョーンを誰よりも偉く恐ろしい人のように見つめた。弟たちは語るべき話も持たなかったし、そもそも言葉は少ししか喋れなかったから、ただ我を忘れてうっとりとなって聞いていた。

でもセミョーンは不意に二人が可哀そうになった。この子たちには、空想の中で自分が何か偉いものになるという知恵さえない、自分の命ひとつをいとおしむことを、まだ身につけていない。子供たちは兄を信頼しきって、心貧しいままで見つめている、二人の目には甘い喜びも、想念のひらめきも、誇りも現われてはいない、幸せが自分の中にあろうと他人の中にあろうと、この子たちはかまわないのだ、ただ間違いなくどこかにあって、そのことがわかってさえいれば。

「僕は帝王になっちゃいないよ、ちょっと言ってみただけだ」セミョーンは悲しそうに言った。「もしなってたら、家《うち》にお金か牛肉を持って来てるよ。家じゃとても困ってて、足りないものばかりだから」

「牛肉、盗んできて母ちゃんにあげなよ」セミョーンのすぐ下の、五つになるザハールが知恵を貸した。「母ちゃんはあんまりひどく困って頭が痛むんだって。僕にそう言ったよ」

ザハールは思い出して言った。この子はもうサモワールを焚きつけるための木っ端《こっぱ》を拾い集めたり、食事の時に母さんが自分の分をちゃんと盛りつけているか見張ったりできた。父さんには自分より多めに、セミョーンにはほんのちょっぴり多めに、ペーチカには誰よりも少なめに。この子はまだ小さいから食べ過ぎてはいけないんだ。

ある日、まだお昼前に母さんが「今すぐ家に帰ってきて」と窓からセミョーンに叫んだ。陣痛が始まったのだ。産婆のカピーシカ婆さんを呼んでおいで、と母さんは言いつけた。セミョーンはすぐさま婆さんの手を引っぱって連れてきた、婆さんは前から顔見知りだった。カピーシカには上の歯が一本あるきりで、これで下唇を押さえていた、でないと下唇がだらんと垂れて、暗い空っぽの口の穴がぱっくり開いてしまう。夜寝る前には下あごに紐をかけ、頭のてっぺんでそれを縛った、そうしないと寝ている間に口が開き、暖かい所を狙ってハエどもが中に集まってくるからだ。カピーシカの顔はずっと前から男みたいだった、年のせいとおそらく性根も悪いために緑色をしていて、唇の上に白っぽいひげが生えていた。骨と皮みたいに痩せていて、セミョーンが手を引っぱって家まで行く途中、婆さんの身体の中でカタカタ、キシキシ音がした。体中の筋が骨と擦《こす》れ合う音だろう。

カピーシカは母さんから乳飲み子の一番小さい妹を取り上げてセミョーンに渡し、しばらく家に帰ってくるんじゃないよ、と言いつけた。セミョーンは妹を手押し車の弟たちの間に置き、母ちゃんはまたお産だからな、これからもっと大変になるぞ、と二人に告げた。鶏小屋の陰の静かな所へ子供たちを連れていくと、みんなそこで眠り始めた。もう正午が過ぎてお昼ご飯のはずだけれど、母さんは寝込んでしまったのだ。セミョーンはみんながぐっすり眠るように手押し車を揺すってやり、自分は家に戻って入口の薄暗い土間に隠れた。人がどんなふうに生まれるのか、なんのために生きるのか聞きとりたい一心で、悲しみと怖れに震えながら息をひそめた。母さんは部屋で叫んだり、呻《うめ》いたり何かつぶやいたりしている。カピーシカは食器をカタカタいわせたり、布地を裂いて小布《こぎれ》を作ったり、ふだんどおりの家事でもしているみたいに動いている。

「娘や、泣くんでない、嘆くんでないよ！」カピーシカがセミョーンの母さんに呼びかけている。「どれ、あたしが横に寝てあげようかね、ちょっとは楽になるかもしれん……」

カピーシカの咳払いが少し聞こえて、そのあと部屋がしんとなった。たぶん婆さんが、床に敷いた布団の上に母さんと並んで寝たのだろう。母さんの苦しそうな荒い息だけが聞こえた、まるで早く苦しみを終わらせたくて、急いで息をしているみたいだ。

「お前さんがつらいなら、あれはどれほどつらいかねえ?」カピーシカの声がする。

「あれってだれ、お婆さん?」早口で、痛さのあまり泣きそうなのをこらえて母さんが聞いた。

「そりゃ、今生まれてくる者さ！」カピーシカは言った。「ちょうど今、体ん中に魂が入っていくところだよ、ちっちゃい身体の真ん中のいちばん狭い所に、ぎゅうぎゅう押し入っていくからね、体中の筋が引っ張られてちぎれそうなんだよ……。お前さんの方は産んじまえば、にっこり笑ってまた孕《はら》むだけじゃないか、他に何をするってんだい？」

「あたし、もう産まないわ」悶えながら母さんが言った。

「へえ〜、ほんとかね？」カピーシカが言う。「あたしが信じるとでも思うかい？　産まないでいると体が濁って、腐りだして、がみがみ女になるんだよ、来し方のことを忘れてしまって、根性まで悪くなる……。痛い思いをしてもはつらつと生きてる方がいいんだよ！」

母さんはまた呻き始めた。

「あれまたつらいんかい？」カピーシカが言う。「ほら、息を吐いて、吐いて、もっとしっかり吐いて！　あたしも一緒に吐くよ、一緒に産んであげるよ！」婆さんは咳払いして大きく息を吐き始めた。母さんよりもっと一生懸命だった、少しでも産婦をなだめ、せめて見た目だけでもその苦しみを肩代わりしてやろうとした。

セミョーンは期待と悲しみに体が震えた。部屋から何か酸っぱい、黄色いような匂いが漂ってきて、少年は座っておびえていた。とつぜん、遠い中庭の鶏小屋の向こうで、末の妹ニューシカの叫び声が上がった。ひょっとして手押し車から逆さまに落っこちたのだろうか。だがその声は不意に、まるで最初から叫び声などなくてただの空耳だったみたいに、ぱったりと途絶えた。セミョーンは子供たちを見に飛んでいった。手押し車の底には下の弟のペーチカだけが眠っていた。ザハールカとニューシカの姿がない。きっとザハールカが妹を引きずり下ろしたんだ、ニューシカは自分じゃ這い出せない。セミョーンはあたりを見まわした、すると「え〜い、こん畜生、おまえなんかなんで生まれたんだ！」と誰かに言うザハールカの声がした。セミョーンは鶏小屋に入った。薄闇の中の、空っぽの止まり木の下で、ザハールカが小さな妹の腹に馬乗りになり、両手で首を絞めていた。妹は仰向けに組みしかれて足をばたつかせ、必死で息をしようとあがきながら、小さな裸足の足で鶏小屋の汚い地面を掻きこすっていた。泣きはらした目は無表情に、ほとんどもうどうでもよさそうにザハールカの顔を見つめ、首を絞めている兄の手を自分のふっくらした両手で押していた。セミョーンはザハールカの後ろから拳《こぶし》で右の頬に一撃を食らわせた。ザハールカは妹の上から転げ落ち、小屋の壁のでっぱりに左のこめかみをぶつけた。頭に鋭い痛みが走って、泣きだす暇もなく意識が遠のいた。セミョーンはさらに何発か、手当たり次第に殴りつけた、でもすぐにはっとして殴るのをやめると、自分の方が泣きだした。妹はもう機嫌を直し、セミョーンの足元に這い寄ってきて、自分の方を見てくれるのを待っていた。セミョーンは抱き上げて、片方の手のひらを唾で湿らせ、泣きはらした目を拭《ふ》いてやった。それから手押し車まで連れていって、よしよしとあやしてやると、妹は大人しく、おびえた表情のまま下の弟の横で寝入っていった。

ザハールカは自分で起きて鶏小屋から出てきた。左の頬に血が乾いてこびりついていたが、もう腹は立てていなかった。「まあいいや」セミョーンの方に向かって「大きくなったら覚えてろ」と言った。そして、母さんがまたもやお産でお昼を作っていないのがわかっていたから、手押し車のそばの地べたで眠りこんだ。セミョーンも手押し車の陰で眠りに落ちて、沈みかけた陽《ひ》の光が斜めに顔を照らすまで起きなかった。

けれど人生には、幸せが避けようもなく頭をもたげてくる瞬間がある。それは幸運や他人がもたらすのではなく、成長していく心臓の力が生み出すもの、身体そのものの熱と意味に暖められ、身体の奥深くから湧き起こるものだ。薄幸の運命にも降りかかる苦難にも逆らって、ときおり自然に、無意識のうちに覚える喜びの感覚だ。でもその感覚はたいがい脆《もろ》く、我に返って目前の用事に追われ始めると、あっという間に消えてしまう。セミョーンはよく、わけもなく幸せな気持ちで目覚めることがあったけれど、やがて現実を思い出すと、生きる幸せをたちまち忘れ去った。

夕方父さんが鍛冶場から帰ってきて、鉄鍋で黍粥《きびがゆ》を煮始めた。もう女の子を産み終えた母さんは、力尽きて眠っていた。カピーシカは黍粥ができるのを待って、家族のみんなと一緒に食べ、父さんにお金をもらいたいと言い出した。まだ生きていたいんだけどなんのあてもないもので、と。父さんは四十コペイカ渡した。カピーシカはそれをスカーフの端に包んで、家へ寝に帰った。

次の日父さんは朝早く仕事に出ていったが、母さんは起き上がることができなかった。だからセミョーンは家事を全部ひとりでやった。まず貯水槽から手桶二杯の水を手押し車で運んできて、子供たちを洗ってやり、服を着せ、食べさせた。それから部屋を掃除して、母さんのために薄いお粥を作り、パンとミルクを買いに行き、二人の弟がどこかに行ってしまったり便所に落っこちたり火事を起こしたりしないように見ていなくてはいけなかった。

母さんは弱々しいまなざしでセミョーンが世話をしたり働いたりするのを黙って見守っていた。生まれたばかりの女の子は母さんの横に寝ていて、もう母さんのお乳を飲んでいた。

真昼どき、セミョーンは子供たち全員にパンを食べさせミルクを飲ませ、母さんにお粥をあげた、子供たちはそのうち眠り始めた。セミョーンは早くも晩に何を食べさせようかと思案していた。家にあった食料は全部お昼に食べてしまい、もう蓄えも残り物も無かった。食器を洗い終えると、パンと黍を貸してもらいに家主の所へ出向いた。

「けどお前たち、返しゃせんだろ！」と家主は言った。家主は四十ヘクタール余りの土地を持ち、それを百姓たちに賃貸しして、自分は何もしないでソファーか暖炉の上に寝そべっては、ガークの十字架暦*を読んでいた。セミョーンはずっと前から、家主にこの暦を借りてその中の絵を見たくて仕方がなかったけれど、言い出すのが怖かった。

「僕たち返すよ」とセミョーンは言った。「父さんがじきに給料をもらうから、僕が持ってくるよ……」

家主はセミョーンに二フント〔約八百グラム〕ばかりのパンと、シャツの裾に黍を入れて持たせた。

「いいか、お前んちのくそ坊主に中庭を汚させるなよ！」と家主が言った。「ザハールカのやつ、今日は三か所も汚していきおった、あとできれいにしておきな」

「すぐ行ってきれいにする」セミョーンは請け合った。「あの子たちまだ小さいから、わかんないんだ」

「今度わしが見つけたときにゃ、やつの頭にゴツンと一発お見舞いしてやる、そしたらたちまちわかるってもんだ！」家主が言った。

「あの子らを叩くのはよした方がいいよ」セミョーンは頼んだ。「でないと夜中にこの家に火をつけるから！」

「なんだとぉ、このガキ！」家主がわめきだしたときには、セミョーンはパンと黍を持ってとっくに姿を消していた。

子供の夏の一日は長く、苦しく過ぎていった。すずめやめんどりや鳥という鳥たちが思う存分餌を食べ、もう鳴き騒ぐのもやめて、満腹し疲れてまどろみだすころ、空には夕闇が垂れ始め、遠い街道を村へ向かう荷馬車の音や、道沿いの鍛冶場で鍛冶工が打つ槌音が聞こえてきた。

セミョーンの家では母さんも子供たちもまだみんな眠っていた。セミョーンひとりが長持ちの上に腰かけて、誰かが目を覚まさないかと待っていた。ひとり自由でいることに慣れていなかったから、心に悲しみがつのってきて、また誰かの世話をしたかった。でもまぶたが勝手にくっつき始め、セミョーンは頭をちょっと長持ちの上に横たえた、そして懸命にあれこれ覚えていようと思いながら、全部忘れて眠りに落ちた。

だが母さんたちというのは誰もほんの少ししか眠らない。セミョーンの母さんもほどなく目を開けた。

「セミョーン!」母さんは呼んだ。「暖炉に火をつけて、鉄鍋にお湯を沸かして、子供たちを洗ってやって!……」

＊訳注　A・A・ガーック（一八三二―一八九一）はロシアの考古学者、社会評論家、作家。一八六五年、ロシアで暦の発行が自由化されると、民間人による最初の暦を発行した。ロシアの歴史や社会に関する情報が豊富に掲載され、民衆啓蒙の役割も果たし、十コペイカという廉価で広く普及した。ガーックの死後も後継者に引き継がれ、一九一七年まで発行された。

セミョーンはすぐさま長持ちから飛び起きた。まだ休まっていない少年の身体は、眠りの中で温まる暇がなくて、力なく震えていた。

「母さんは具合が悪いの」と母さんは告げた。「父さんの所に行って、早めに帰るように言ってきて」

「すぐ行ってくる」セミョーンは言った。「母ちゃん、もう子供は産まないで。僕、へとへとだもの」

「もう産まないよ」お産で衰弱しきった母さんは、布団の上にあおむけに寝て、やっと息をしていた。

生まれたばかりの女の子は母さんのそばでぐっすりと眠っていて、自分がもう生きていることを知らなかった。セミョーンは一番末の妹を不思議そうに見つめた。たった今生まれてきてまだ何ひとつ見ていないのに、起きないで眠ってばかりいる、生きることに興味がないとでもいうふうに。

「セミョーン、母さんにさわってみて。すごく冷たくないかい」母さんが声をしぼり出すように言った。「もしも母さんが死んだら、おまえが代わりに子供たちを育てておやり、父さんには暇がないでしょ、みんなのパン代を稼がないといけないから」

セミョーンは母さんに寄り添って横になり、額をさわってみた——冷たくて濡れていて、鼻はやせ細り、目が白っぽくなっていた。

「体の中身が全部出てしまって空っぽになったみたいなの」と母さんは言った。「おまえは一番年上だから、弟と妹たちを守っておやり。もしかしたら、せめてあの子たちは大きくなって、人並みの者になれるかもしれない……」

母さんはしばらく両手でセミョーンの頭を抱き、それから言った。

「父さんの所へ行っておいで」

セミョーンは父さんを呼びに行った、でも父さんはすぐ帰ることができなかった、タイヤをあと三個車輪にはめ込まなくてはいけなくて、親方が終わるのを待っていた。「持ちこたえるさ、死ぬわけないって」鍛冶屋の親方はセミョーンの母さんのことを言った。「女房どもときたら、月に一回は死にかけるもんだぜ！」セミョーンは帰ってくると、暖炉の炉床《ろしょう》の五徳《ごとく》の下に火を起こし、夕食のために黍粥を煮始めた。子供たちはもう目を覚ましていた。ザハールカは暖炉の炉口に立って、黍粥が少しでも早く美味しく煮えるように、木っ端を火にくべた。ペーチカは母さんのそばに這い寄って長い間顔を見つめ、母さんはまだ何ともない、ただ病気だから泣いているだけだ、と確かめでもするように、ずっと顔をなでていた。

父さんが帰ったのはいつもと変わらず、暗くなってからだった。セミョーンが父さんのために取っておいた子供たちの残りを食べると、母さんと並んで横になった。セミョーンはまだ眠っていなかった、父さんが母さんをそっと抱きしめ、頬にキスするのを見た、母さんはこわばった空っぽになった身体を小さい子供のように丸く縮めて、顔を父さんの方に向けた。父さんは少し横になっていたが、起き上がって物置に向かった。そこから古い、大きな粗布《あらぬの》を持ってくると、ずっと凍え続けている母さんをくるんでやった。生まれたばかりの女の子は母さんのそばから移して自分の横へ寝かせた、夜中に泣いても母さんはもうみてやれそうにない。セミョーンは一晩じゅう眠らないでいたかった。母さんが死にはしないか、父さんが眠っているあいだにうっかり末娘を押しつぶさないか、心配でたまらなかった。でも目が勝手に閉じてしまい、朝ザハールカが身体に乗ってきて指で耳をつつくまで開かなかった。

父さんが生まれたばかりの泣いている娘を抱いて揺すりながら、部屋の中を歩いていた。母さんは相変わらず床に敷いた布団の上に寝ていて、毛布と、その上から大きな粗布とが掛けてあった。母さんはその中に頭からすっぽり隠れたまま起き上がらなかった。

セミョーンは母さんに近寄った。母さんの様子を見て、朝まず何をしたらいいか、子供たちに何を食べさせ、父さんの給料日までどこでお金を工面するのか、訊ねようとした。

「掛けてあるものをめくるんじゃない」父さんがセミョーンに言った。「朝方息を引き取ったんだ。行ってカピーシカを呼んでおいで」

「何でカピーシカを呼ぶの?」セミョーンが聞いた。

「これからこの家に住めばいい」と父さんが答えた。「子供たちを見て食事くらい作るさ。年寄りで女なんだから」

「カピーシカなんか要らないよ！」セミョーンがきっぱり言った。

「あいつ、よぼよぼのヒキガエルだい！」ザハールカが言う。「あいつ大食いだい、うちじゃ僕らの分も足りないのに！」

セミョーンは父さんの手から新しい妹を抱き取った。ペーチカと末の妹（今では末ではないが）は、床に座っていた。二人は黙って、ごみ屑やぼろ切れを何か大事な良いものにして、一緒に遊んでいた。

「この先どうやって生きていけばいいんだ！」セミョーンは情けなそうに、顔をくしゃくしゃにして言った。悲しみが熱い波になって、胸の底から喉もとへゆっくりと上ってきた、でもまだ涙にはならなかった。「赤ん坊に何を飲ませればいいんだ、この子も死んじまうよ……」

「この子はまだ小さい」父さんは言った。「まだ生きていないんだ、この世になじんでもいないし、何も知らないんだ。母親と一緒に埋めるしかない」

セミョーンは泣き声を上げている新しい妹を腕の中で揺すってやった。赤ん坊は寝入って泣くのをやめた。セミョーンはとりあえず母さんの足元の布団の上に下ろした。

「父ちゃん、雌ヤギっていくらくらいするの?」セミョーンが聞いた。

「さあ、多分そんなに高くないだろ、知らないが」と父さんは答えた。

「給料で雌ヤギを買って」とセミョーンは頼んだ。「野原でザハールカに番をさせて、夕方僕が乳をしぼって沸かすよ。母ちゃんがいなくても僕たちでお乳をやろうよ、僕、哺乳瓶から飲ませるから。乳首を買って瓶にはめよう……。ただ父ちゃんからザハールカにちゃんと言ってよ、野原でヤギの乳を吸わないように。あの子、何でも駄目にしちゃうから」

「兄ちゃんの雌ヤギの乳なんか吸うもんか」ザハールカが約束した。「ヤギの乳ってまずいんだもん、ずっと前に母ちゃんに飲まされたけど」

父親は無言だった。子供たち全部を見、亡くなった妻を見やった、一晩じゅう横で温まろうとしていたがとうとう暖まらないまま、今は硬直している妻を。鍛冶職人は、心が軽くなることを何ひとつ思いつけなかった。

「この子たちに要るのは母親で、雌ヤギじゃないんだ」父親は言葉をしぼり出した。「大きいのは、セミョーン、おまえひとりじゃないか、あとはみんなまだこんなに小さい……」

セミョーンは今シャツ一枚しか着ていなかった、起きてからまだズボンをはく暇がなかったのだ。父さんを見上げて言った。

「僕がこの子たちの母親になるよ、ほかになる人はいないもの」

父さんは息子に何も答えなかった。するとセミョーンは、腰かけの上にあった母さんのワンピースを取り上げて、それを頭からかぶった。丈が長過ぎたけれど、セミョーンはたくし上げて言った。

「平気さ、切って詰めるから」

亡くなった母さんは痩せていたので、ワンピースは丈が長いほかはセミョーンにぴったりだった。父親は長男を見下ろし、「数えならもう八つか」と思った。

いま、ワンピースに身を包んだ、幼い悲し気な顔のセミョーンは、男の子にも女の子にも見えた。もう少し大きくなったら若い娘のようにだって見えるかもしれない、娘と言えば女ということだから、つまりほとんど母親だ。

「ザハールカ、中庭に行って、ペーチカとニューシカを手押し車に乗せてやるんだ、食べ物をねだらないように」母さんのワンピースを着たまま、セミョーンが言いつけた。「あとで呼ぶからな。僕と父ちゃんはやることが山ほどあるんだ」

「兄ちゃんたら、外でみんなに娘っ子ってはやされらあ！」ザハールカが笑いだした。「いまもうバカ面《づら》の娘だい、男の子じゃないや！」

セミョーンは箒を取り上げて、母さんが横たわっている布団のまわりを掃き始めた。

「はやせばいいさ、どうせみんなすぐ飽きるから。僕、どっちみち女の子になるのに慣れなくちゃ……。さあ、邪魔してないで、子供たちを手押し車に連れていくんだ、でないと箒をお見舞いするぞ！」

ザハールカがペーチカを呼ぶと、ペーチカは這い這いしながらあとについて中庭に向かった。ニューシカはザハールカが腕に抱えたが、重くてやっとこさだった。

父親は脇にたたずんで、声も立てずにそっと泣いた。セミョーンは部屋を掃除すると、父親のそばに寄った。

「父ちゃん、まず母ちゃんに掛けてある物をとろうよ、母ちゃんを清めなくちゃ……。そのあとで泣けばいいよ、僕も泣くから。僕も泣きたいんだ、僕たち一緒に！」

鉄《てつ》ばば

木の葉がさやさやと鳴っていた。世界をわたっていく風が、歌をうたっているのだ。

幼いエゴールはその木の根かたに腰をおろして木の葉の声に、そのやさしいつぶやきに聞き入っていた。

風の言葉がどういう意味なのか、何を話してきかせようというのか、エゴールは知りたかった。そこで、風の吹いてくる方へ顔をむけてきいてみた。

「きみはだれ? なんて言っているのさ?」

風は口をつぐんで男の子の言うことに耳をかたむけているふうだったが、やがてまた、木の葉をふるわせながら、前と同じ言葉をゆっくりとつぶやくのだった。

「だれなの?」だれも見えないので、エゴールはもう一度きいてみた。

それきりだれもエゴールに答えてはくれなかった。風は行ってしまって、木の葉も眠ってしまったのだ。エゴールは、今度は何がおこるのだろうと待っていると、夕暮れが近づいているのに気づいた。夕暮れの太陽が秋めいた老木を黄ばんだ光で包み、なにかわびしい気持ちになってきた。家に帰って晩御飯を食べ、暗い中で眠らなくてはいけない。でも、エゴールは眠るのが嫌いだった。いつもいつも目を覚ましていて、自分がいないあいだも生きつづけているものを何もかも目にしたかった。夜になると眼をとじなければいけなくて、空の星たちがエゴールのことなどかまおうともせず、エゴールの見ていないところで輝いているのがくやしかった。

寝ぐらに帰ろうと草の上を這っているコガネムシをひろい上げて、エゴールは動きのないその小さな顔をのぞきこんだ。コガネムシはやさしい黒い瞳で、この世界とエゴールの両方をみつめていた。

「君はだれ?」エゴールはコガネムシにたずねた。

コガネムシは何も答えなかった。けれどエゴールにはわかっていた。この虫はぼくの知らない何かを知っているんだ。そのくせコガネムシになりすましているんだ。でも、ほんとうはコガネムシじゃなくて何かほかのものなんだ。何なのかはわからないけれど。

「ごまかすなよ!」こう言うと、いったい何ものなのかつきとめてやろうと、エゴールは虫をあおむけにした。

コガネムシは黙っていた。人間なんかに負けやしないぞと、小さなかたい六本の脚を必死にばたつかせて自分の生命を守ろうとするのだった。このしぶといがんばりに感心して、エゴールはこの虫が好きになってしまった。そして、こいつはコガネムシではなくって、もっと偉い賢いものにちがいないと思った。

「コガネムシだなんて、うそつけい」エゴールは、まじまじと虫を見つめて、鼻先にあびせた。

「とぼけるない。どうせ、調べあげてやるんだから、さっさと白状したほうがいいぜ」

コガネムシはエゴールに向かって六本の手足を一度に振り上げてみせた。それでエゴールは、もうそれ以上からむのはやめにした。

「こんど会ったとしても、ぼくだって、ひと言も口をきいてやらないぞ」こう言うと、どこへでも行けとばかり、その虫を空に放り投げてやった。

コガネムシはちょっと宙を飛んでから、地面に降りて、とことこ歩いていった。虫がいなくなってしまうとエゴールは急にさびしくなった。もう、あの虫に会うことは二度とないだろう。もし会っても村にはほかにたくさんのコガネムシがいるのだから、わからないだろう。あの虫はどこかで生きて、それから死んでしまう。みんなに忘れられてしまって、この一匹の虫を覚えているのはエゴールひとりだけになってしまう。

枯れた葉が一枚、木から落ちてきた。この一枚の葉は、かつて土から生まれて、この木の上で長いこと空を眺めていたのに、長旅から家に帰るように、いままた空から土に帰っていく。その葉の上に小さなイモムシがはいあがってきた。やせっぽちですきとおるような感じだ。「これはいったいだれだい？」エゴールはイモムシを見て首をかしげた。「眼も頭もないけど何を考えてるのかな？」イモムシを手にとって家に持って帰った。

あたりはもう夕闇が迫っていた。どの家にも灯りがともり、あちこちの畑から人々がひきあげてきた。どこもかも暗くなってしまったので、身を寄せあって生きようというのだ。

家に帰ると母親はエゴールに食事をさせ、それからもう寝なさいと言いつけた。頭からすっぽり毛布をかぶせて、眠っていてこわくないように、夜の森や谷や畑からきこえてくることのある気味の悪い音が耳に入らないようにしてくれた。エゴールは毛布の下で息をひそめ、さっきからずっとイモムシをにぎっていた左手をひろげてみた。

「君はだれなの？」エゴールは顔のそばにイモムシを近づけてみた。

眠っているのか、イモムシはエゴールのひろげた手のひらの中でぴくりとも動かなかった。川の匂いと新鮮な土と草のかおりがした。小さくて身ぎれいでおとなしい虫、きっとまだ子供なのだろう。それとも、やせっぽちのちいさなとしよりなのかな？

「どうして君は生きてるの？　生きていて楽しいの？」

イモムシは手のひらの上でくるりと丸くなった。もう夜だからゆっくりと休みたいのだ。

でもエゴールは眠りたくない、もっと起きていてだれかと遊んでいたい。すぐにも明るい朝になって、寝床から起き出せればいいのに。ところが外は夜、それもまだ始まったばかりだ。その長い長い夜をずっと眠ってなんかいられるものか。寝入ったところでどうせ夜が明ける前に眼が覚めてしまう。みんなが眠っているあの恐ろしい時刻にだ。人も草もみんな寝静まっていて、眼を覚ましているのはこの世界でたったひとり、だれにも気づかれず、だれからも忘れられているんだ。

イモムシはエゴールの手のひらによこになっていた。

「どうだい？　ぼくがきみになって、きみがぼくになってみたら？」エゴールはイモムシにはなしかけた。「そうすれば君が何ものだかつきとめられるし、君はぼくみたいに人間になるんだもの、いまより良くなるぜ」

イモムシはうんと言ってくれない。エゴールが何ものかなんて思ってもみないで、とうに眠っているのだろう。

「ぼくは、あきあきしてるんだよ。いつもいつもエゴールなんだもの」エゴールはひとりで話しつづけた。「なにか別のものにもなってみたいんだ。イモムシ君、起きろよ。おはなししよう。君はぼくのこと考えろよ。ぼくは君のこと考えるから……」

エゴールのおしゃべりをききつけて、おかあさんがやってきた。まだ眠らないで家の中を歩きまわり、昼のうちにやり終えられなかった仕事のかたづけをしていたのだ。

「どうしたの？　眠らないでぶつぶつ言って。おかしな子」そう言って、エゴールの足の下に毛布を折り込んだ。「寝なさいよ。寝ないと鉄ばばが暗い野原をうろついているからね。眠っていない子を見つけるとさらっていってしまうよ」

「かあちゃん、鉄ばばって？」エゴールはたずねた。

「鉄のようなお婆さんでね、姿は見えないんだよ。暗やみに住んでいて、そのお婆さんにおどされると心臓がとまってしまうのさ……」

「どういう人なの？」

「わかりゃしないよ、ぼうや。それより、おやすみよ」おかあさんはいいきかせた。

「なに、こわがることはないよ。ほんとはなんでもない、かわいそうなお婆さんというだけかもしれないし」

「どこに住んでるの？」しつこくエゴールがたずねた。

「あちこちの谷間で薬草を捜して歩いていてね、野ざらしの骨をかじっているんだよ。だれか死んでくれたら大喜びでね。なにしろ、この世でひとりだけ生き残りたいんだから。いつまでもいつまでも生きていて、いつかだれもかれも死んでしまって、ひとりっきりになれるのを待ちうけているのよ。だから鉄ばばなのね。さぁ、おやすみ、あいつは、家には入ってこないよ。扉口はちゃんと閉めておくからね……」

おかあさんは、エゴールをおいて、行ってしまった。エゴールはイモムシを枕の下に隠した。ここなら暖かくて何もこわがらないで眠れる。

「かあちゃん、かあちゃんは、だれなの？」また、エゴールがたずねた。けれども母親は何も答えない。もうすこしひとりごとを言っているうちにどうせ寝入ってしまうだろうとたかをくくっているのだ。ほんとにもう、うとうとしているようだし。

「じゃ、ぼくはだれだろ？　――エゴールは考えてみたけれどわからなかった――ぼくだって、だれかにちがいない。だって、だれでもないなんて、そんなはずはないもの」

家の中は静かになった。母親も床についた。父親はもうとっくに眠っている。エゴールは耳を澄ました。庭先では時たま垣根がぎいっと鳴る。傍らのカエデの木が垣根をゆらしているのだ。どんなにおだやかな日和でもカエデがかすかにゆれていることにエゴールは気づいていた。早く大きくなりたいのか、いつもどこかへ行ってしまいたいと思っているみたいだ。それで、垣根はいつもぶつぶつ文句を言ってはきしんでいるんだ。カエデは木に生まれてひとつところにじっとしていなければならないのがつまらないんだろう。

「かあちゃん」エゴールは小声で呼んで、毛布の下から顔をつき出した。「ねぇ、カエデってなあに？」

けれど母親はもう寝入っていて、だれも答えるものはなかった。エゴールはじっと暗やみに眼をこらした。黍《きび》畑に面している窓が、夜の光にぼんやりとすき透っている。その向こうはじっと動かない深い深い水のようだ。エゴールは寝床の上に身をおこして、考えてみた。暗い原っぱでいま何がおきているのだろう。パンを入れた背負い袋をしょって、たったひとりで遠い旅路をたどっているのはだれだろう？　きっと、だれかが、何もこわがることなく、ひとけのない淋しい道をたどっているんだ。いったい、それはだれだろう。

遠くの方で、大きな溜息がきこえたかと思うと、やがてそれはうめき声になり、そして、ふっつりと聞こえなくなった。エゴールはじっと窓をみつめた。ガラスはあいかわらず暗い土の色をうつして、にぶく光っている。ところが、陰気にうめくような物音はもう一度くり返された。遠くの方で荷車が動いていくのだろうか、それとも鉄ばばが谷間を渡りながら、あえいでいるのだろうか、人間が生きつづけ、つぎつぎに子供が生まれるので一人だけ生きのこれるまでは、とても待ちきれないと。

「よし、行ってみよう、何もかも突きとめてやる」エゴールは決心した。「夜ってなんだろう？　そのおばあさんは、何者なんだ？」

エゴールはズボンをはくと、はだしで外へ出ていった。カエデの木は何本もの枝をうごかして、今にも旅に出ようとする気配だ。野ゴボウの葉が垣根に身をすり寄せ、納屋では牝牛《め》が一頭くちゃくちゃと口を動かしている。外では誰も眠っていなかった。

空では、星が明るく輝いている。星の数はあまりに多くて、すぐ近くにあるような気がする。だから、夜でも星空のもとでは、昼に野の花にかこまれているのと同じに、少しもこわくない。

エゴールは黍畑のわきを通りぬけ、何やら寝言でもつぶやいているようなヒマワリ畑の中をつっきって、いまは通るものもない荒れはてた道を谷へ向かった。

この谷はずっと昔から出水にも埋まることがなく、丈の高い草や灌木が生い茂っていた。村の年寄りたちが、ここでしなやかな細枝を集めて、冬にはそれぞれの家でカゴを編むのだ。生い茂った草や灌木の間を抜けて、崖下の谷間へ降りてみると崖の上とはちがって、ここはひっそりと暗く、草一本、木の葉一枚こそりとも動かない。エゴールは恐ろしくなってきた。

「見ていてね、お星さま――エゴールは小声でつぶやいた――ひとりぼっちじゃこわいから」

けれど、崖の下で見える星はたった三つだけで、それもずっと高い上の方で心もとなく瞬いているだけで、それこそ遠い闇の中へとけこんででもいくようだった。

エゴールは草に手をふれ、ちっぽけな石ころを見つけ、それから、家の庭にはえているのと同じ野ゴボウの葉をゆすった。すると恐ろしさは消えてしまった。大丈夫、ほら、ここのものたちは、みんな、こうして生きていて、こわがっちゃいない。ぼくもひとりじゃないんだ。そのうち、エゴールは崖の斜面の粘土を掘ったあとにできた小さな横穴に気づいて、そこにもぐりこんだ。少しでもいいから、しばらく眠りたかった。昼のあいだ、ずっと気を張って歩きまわっていたので、へとへとだったのだ。

「鉄ばばが通りかかったら、よび止めてやるんだ」

エゴールは、こうひとりごちると、夜の冷気を避けるように土穴の中でからだをまるめ眼を閉じた。

あたりはしんと静まりかえって、ものみな口をつぐみ、星も空の引き幕におおわれ、草も死んだようにうなだれていた。

地の底のようなこの谷間に死んでいった人たちの無念の吐息のような低い陰うつな音がひびいた。眠りの中で不気味な物音を耳にして、エゴールはぱっと目を開けた。あたりの黒い闇にまぎれて定かには見えないが何やら黒々とした大きな人かげがエゴールの頭上にたたずんでいる。はっきり見えるかと思うと、また、ふっと消えてしまいそうになる。

「だれ？」エゴールは聞いた。「婆さんなの？」

「婆さんさ」という答え。

「鉄ばばなの？　ぼくは、鉄ばばに用があるんだ」

「なんで、あたしに用があるんだい？」と鉄ばばはきき返した。

「ぼくは、あんたをよおく見たいんだ。あんたは何者なんだい？　何をしてるのさ？」

エゴールは言った。

「死んでくれればおしえてやるよ」と、婆さんの声が答えた。

「おしえてよ、死んでやるから」エゴールは承知して、粘土のかたまりを手の中に握りしめた。婆さんに眼つぶしをくらわせて、やっつけてやろうと思ったのだ。

「こっちへおいで、耳をおかし」婆さんは初めて身動きをして鉄がこすれる音か、かわいた骨がぽきぽきいう音か、またあの気味の悪い音をたてた。

「こっちへおいで。なにもかもおしえてやるよ。それで、おまえは死ぬんだよ。さもないとおまえはまだ小さくて、この先まだまだ生きていくだろうから、おまえが死ぬまではとても待ちきれないよ。あわれんでおくれよ、あたしは年をとっているんだから」

「あんた、だれなの？　言えよ」しつこく、エゴールは粘った。「こわがらなくていいよ。ぼくも平気だからさ」

婆さんはエゴールの上にかがみ込むと、ますます顔を近寄せてきた。少年は自分の穴の中で土壁に背をぴたりとはりつけ、眼を大きく見開いて、かがみこんでくる鉄ばばの顔をみつめた。婆さんが体を折り曲げて近づいてきて、二人を隔てる暗闇が残り少なくなったとき、エゴールは大きな声をはりあげた。

「知ってるぞ。おまえのこと知ってるぞ。おまえなんか用はない、やっつけてやるぅ！」

エゴールは老婆の顔に粘土をひとつかみ投げつけると、自分も気を失ってそのまま土の上につっぷしてしまった。

けれど、気を失ってうつぶせに倒れてからも、鉄ばばの言葉がもう一度きこえてきた。

「知ってるものかい。あたしのからだが見えたはずがない。だけど、おまえが生きているかぎり、おまえの死ぬのを待ちつづけ、いためつけてやる。あたしをこわがらないんだから」

「すこしはこわいけど、じきに慣れてこわくなくなるさ」エゴールは胸のうちでこう言ったが、あとは何もわからなくなった。

なつかしいぬくもりに、エゴールはわれに返った。やわらかな大きな腕にだかれて運ばれている。

「だれ？　婆さんじゃないの？」

「じゃ、あんたはだれ？」母親がきき返した。

エゴールは眼を開けて、また、ぎゅっとつむった。陽の光が村じゅうを、エゴールの家のカエデの木と大地全体を照らしていた。エゴールがまた眼を開けるとおかあさんのうなじが見え、そこに自分の頭がのっているのがわかった。

「どうして、谷間に行ったりしたの？　朝早くから捜していたんだよ。おとうさんは野良に出かけていったけど、ひどく心配していたよ」

エゴールは崖下で鉄ばばとたたかったこと、でも、顔に粘土をなげつけたので何ものかを見定めることはできなかったと話した。

おかあさんは考えこんだ。エゴールを地面に降ろすと、他人を見るような眼でじっとエゴールを見た。

「自分で歩いておいき、豪傑さん！　それは夢を見たのさ」

「ううん、ほんとにばばに会ったんだよ――とエゴールは言った――鉄ばばって、いるんだよ」

「そりゃ、ひょっとしていないとはいえないけどね」とおかあさんはつぶやいて、エゴールを家に連れていった。

「かあちゃん、あれはだれなんだろう？」

「知らないねえ、うわさに聞いただけで、自分で見たことはないもの。運命とでもいうのかね。あたしたちの不幸がさまよっているんだとか、大きくなったら、自分でわかるさ」

「うんめい」どういうことかわからぬままにエゴールは口に出してみた。「もうちょっと大きくなったら、鉄ばばをつかまえてやるぞ」

「つかまえな、つかまえな。さて、ジャガイモをどっさりむいて、いためてあげようかね」

「うん」エゴールは素直にいった。「おなかがすいちゃった。婆さんって、強いのがいるもんな、あの婆さんのおかげで、へとへとだよ」

二人は家に入っていった。入口の床の上をエゴールのあのイモムシが寝床からはい出て、自分の大地に帰っていくところだった。

「帰れよ、だまりんぼ！——エゴールは腹だたし気に言った。——あいつ、自分が何ものなのかとうとう明かさないで、いってしまった。どうせ、あとで突きとめてやるさ。婆さんだって正体をつきとめてやるよ。ぼくが鉄じじになるんだ」

エゴールは入口でたち止まると考えこんだ。「ぼくが鉄じじになるのは鉄ばばをふるえあがらせてやるためさ、くたばっちまえ。そうしたら、ぼくはもう鉄じじのままではいない。いやだよ。また、かあちゃんのぼうやになるんだ」

（三浦みどり訳）

たくさんの面白いことについての話

その一　イワン・コプチコフの誕生と最初のできごとについての章

坊やの母さんは、スルジャ村の娘だった。この娘の顔ときたらあばただらけで、豆をばらまいた畑みたいにみえた。だからスルジャ村の若者は、誰もこの娘を嫁さんにしようとしなかった。そりゃ誰だって、あばたに埋もれて鼻も見えない顔にキスしたいとは思わないからね。

ところがこの娘が、子供を産みたいという気を起こした。深い森に入っていって、十一か月と十一日のあいだ出てこなかった。誰と一緒にいたのだか、知っている者はいない。娘はある日ひょっこりと、生まれてひと月の赤ん坊を懐に入れて村に戻ってきた。

赤ん坊は真っ裸で、懐から顔を出してにこにこ笑い、鼻をひゅうひゅう鳴らしていた。

その鼻はえらくでかくてとんがっていて、コプチク〔ハヤブサ科の鳥。和名はニシアカアシチョウゲンボウ〕にそっくりだった。しじゅう鼻をひゅうひゅう鳴らし、空気の匂いを嗅いでいた。

娘の兄さんが汗臭い泥だらけの身体で近寄ると、坊やはけたたましい大くしゃみをして、兄さんに向かってちっちゃな両手を振り回した。どうも兄さんが気に入らなかったみたいだ。

「なんだこりゃ」と兄さんは言った。「こいつったら赤ん坊じゃなくて、まるきりコプチクだぜ、グラーシカ」

それで坊やはイワン・コプチコフと名づけられた。

ところが飲んべえの坊さんは、赤ん坊に名づけの洗礼をしたがらない。

「この子の父親は誰じゃ」

グラーシカが「さあ。父親はおりませんので」と答えると、

「父親がおらん、だと？　そんなことがあるものか。父親なしで子をお産みになったのは聖母さまお一人じゃ。それともなにかね、お前も聖母さまかね」

「違います。あたしは娘っ子のグラーシカ。神父様、なんならパンを一斤ご寄進できますけど」

坊さんはパンを二斤とウォッカを半ボトルと、つまみ用に鰊《にしん》を十匹寄進するがいい、そしたら洗礼できよう、と言った。グラーシカのどこにそんなものがある？　なみはずれて貧乏

で、子供のおむつさえないというのに。

そんなわけでイワン・コプチコフは洗礼を受けなかった。そして大きくなり出した。ぐんぐんずんずん伸びに伸び、半年目には一アルシン〔約七十センチ〕ほどの背丈になって、とことこ歩き始めた。十一か月と十一日目に母さんのスカートの裾をひっぱって、簡潔明瞭に言ってのけた。

「母ちゃん、はらへった。ぺこぺこだ。パンおくれ。塩もたんとかけて」

その二　イワンが大きくなっていき、出自がはっきりわかる章

イワンはすっくと立ち上がり、鼻を天に向け、高い空を仰ぎ見た。

森では嵐が荒れさわぎ、びゅうびゅうごうごう鳴っている。ライ麦は風のなすままに、低く頭を垂れている。そしてただざわざわと、か細い声で歌っている。母さんの身体を流れる血のように。

イワンはまだ、ものの名前を知らなかった。

「これ、なあに？　これ、だあれ？　あれれぇ！」

お日さまは目が真っ赤になって、くたびれ果ててまぶたを閉じた。ひとつしかない目の涙

つぼから、涙と血がとめどなく流れ、空から草の上にしたたり落ちた。草は冷えてじっとり濡れた。

日が暮れた。母さんのグラーシカの身体に重い疲れがたまり、お乳はぼろきれみたいにだらりと垂れた。イワンははるか昔にタタール人が築いた塚に登り、母さんを待っている。夕暮れを見つめ、星々を見上げている。星はみな風に合わせてかすかな音を響かせた。

母さんが恋しい、他人《ひと》の家も恋しい。夜を待つのは怖い、夜の中で過ごすのも怖い。もしも母さんが来なかったら？　ペトラ叔父さんは家に入れてはくれない。

「母ちゃん！　母ちゃーーん！」

あふれる思いがイワンのお腹《なか》から、お腹で溶けた黒パンの切れっ端から、大雨のあとの黒土のように重くねっとり流れ出た。

狼のヤキムという、いるのかいないのかわからない人間が、狼の切ない哀しみの中で娘にイワンを孕《はら》ませた。ヤキムははた目にはけだもので、狼の姿をしていたが、魂と心と瞳はさすらい人で、あらわに見える心臓がどきどき脈を打っていた。

グラーシカは森に入ると、人のものとは思えない声で歌いだした。膨らんで張り裂けそうになった魂に、炎のような力が止めようもなく襲いかかって、ぎゅうぎゅう締め付けたからだ。

ヤキムは掘っ立て小屋から出てきた。

「誰だ、こんなにわめくのは？　まさか人間にさかりがついて鳴くだろうか？　こりゃ見にいかにゃならん」

見ると、はじけそうな身体をした娘が、何かにとりつかれたみたいに歩いていた。

「いったいどうしたんだ？」そう言うとヤキムも震えだした。娘の顔は悲しみと嘆きにあふれ、落ちくぼんだ目は大雨にあったみたいにびしょ濡れだった。

ヤキムは娘を抱き締めた。そのとたんヤキムも悲しみに襲われた。魂からがっくり力が抜けた。木々が森を覆いふさぎ、空がぴったり閉ざされた。恐ろしい、狭くて熱い空間で幹と幹とがこすれ合った。

「あたしの鳩さん、天高く飛ぶあたしの鳥さん！　今まであなたはどこにいたの、どうして出会わなかったの？」グラーシカはささやいた。娘は今まで口にしたことのない、いつかどこかで聞いたけれど忘れていた、一番いい言葉を次々と思いついた。

翌朝ヤキムはびっしょり濡れて、息たえだえで目を覚ました。こんなに疲れたことはなかった。空っぽになった頭が草の上にのび、顔はしわくちゃ。身体の力が残らず抜けて、声を失くした魂はぺしゃんこにつぶれていた。

「俺は死んじまった」とヤキムは思った。「死は娘からやってくる。静かで命のあるところ、人間のいないところで、魂だけを相手に生きよう」

グラーシカは心安らかに歩いていた。月は空に低く懸かり、小川はさらさら流れている。

「あたしのいとしい人！」

でもヤキムはいとしいだけで、どこの誰かもわからない。グラーシカの魂は堰を切ったように喋り始めた。

世界じゅうがいとおしく、にぎやかに喋っている。

ヤキムは永遠に森から姿を消した。

グラーシカは歩いていく――ヤキムを探すわけでなく、ただ歩きたくて歩いている。いったん身体に刻まれたものは、もう消えることはない。ライ麦はそのときから三回実を結んだ。グラーシカがかたわらに立ち、ヤキムがゆっくり近づいた、あの松の木もずいぶん伸びた。

イワンは塚の上で母さんを待っていた。母さんの方は急がなかった。

その三　イワン坊やのいろいろな逸話が語られる章

来る月も来る月もイワン坊やは塚の上で過ごした。夜だけは母さんが兄さんの小屋に連れていった。

昼間イワン・コプチコフは、いつもの場所にやってくる。ハネガヤの中に横になる。牧童たちが憐れんで、食べ物をくれた。牛の乳房から乳を飲ませてくれ、パンの塊りを分けてくれた。

イワンは牝牛《め》の乳房に吸いつき、ごくごく吸いたいだけ吸って、パンをかじってはまた乳を飲む。

イワン・コプチコフは四つになると、牝牛が逃げまわって乳を飲ませなかったりしようものなら、尻尾をつかんで引き留めた。坊やにはそんな突拍子もない馬鹿力があらわれた。

イワンは刻一刻と知恵がつき、日一日と賢くなった。ちょうど五つになったとき、牛の番をし始めた。その手並みのあざやかなこと、誰もが仰天するばかり。牛たちはお腹いっぱい食べて、楽しそうに帰ってきた。

そしてほとばしるように乳を出した。

イワン・コプチコフのやり方はこうだ。まず塩気の多い土地へ牛の群れを追っていく。そこでふんだんに塩分をとらせ、そのあと草原《ステップ》に追いたてる。ステップの朝の草はたっぷり露に濡れている。牛たちは渇きを癒《いや》そうと、その草をどっさり食べる。牛が渇きを癒すには、どのくらい露がいるだろう？　量りきれないほどだ！　だから牛たちの腹は今にもはちきれんばかり。

五歳の牛飼いの評判は遠い村々までとどろいた。村人たちが群れをなしてやってきた。坊やは上手な牛の飼い方を教えてやった。

その四　年齢は問題ではないということがよくわかる章

イワン・コプチコフはこの世に生まれて、まだたったの六年ばかり。それなのにもうスルジャ村での暮らしが窮屈で、たいくつだと思い始めた。ある嵐の夜のこと、牛の群れを放りだし、小屋の窓から這い出して雷雨の中へおどり出ると、誰にも気づかれないままに足にまかせて歩きだした。

空には稲妻、大地には雷鳴。でもイワンは平気のへいざ。ずんずん歩いて森についた。谷の縁《へり》にある切り株に腰を下ろし、物思いにふけり始めた。

とつぜん空がバリバリっと音をたて、真っ二つに裂けた、人間の頭蓋骨さながらだ。目が眩《くら》むような火の玉が青っぽい光を放ち、黒雲の中から飛び出すと、轟音とともに谷底に落ちた。樹齢百年はある樫の木が、つんざくような音をたてて木っ端微塵《みじん》に飛び散った。

イワンは屈みこんで谷を見下ろした。谷底で何かが燃えている。だけど何か生きものだ、炎がくるくる駆け回り、ぴょんぴょん飛び跳ねている。

イワンはすばやく下りていった。というより一気に転がり落ちた。

谷底で狼が燃えながらのたうち回っていた。飛び上がって背中から落ちたり、わき腹で地面をこすったり、頭で地面を掘ったりするが、毛皮の火は消えない。もう乾いた草に燃え移り、干上がった倒木にも広がりそうだ。

イワンは言った。

「稲妻が狼に火をつけた。消し方は狼がわかってる。ははん、土で消すのか、ようし」

イワン・コプチコフは機会をとらえ、棒切れで狼の頭をこつんと叩いた。狼はきりきり舞いし、歯をギギッといわせてのびてしまった。

イワンは目にもとまらぬ速さで狼に湿った土をかけた。あっという間に火は消えた。

狼はわき腹でやっと息をして、喉からかすれた音を出し、手足をぴくぴく動かした。

「命はとりとめたからね」そう言うとイワンは谷をよじ登っていった。

森は静かになった。雷雨は何だか不意にやみ、大粒の雨がぽつりぽつりと落ちていた。

イワンは足早に歩きだした。じきに夜明けだ、スルジャ村の雄鶏が高らかにときを告げている。池では蛙が合唱している。ああなんてさわやかだろう。

でもあれは何者だ？　誰かが藪をかき分けてくる。誰だ、イワンをつけてくるのは。

イワンはちょっと待ちうけた。

焼け焦げだらけの狼がよろよろしながら駆け寄って、ぺろりとイワンの足を舐《な》め、足元にうずくまった。

「狼じゃないか」イワンはびっくり。「お前ったら何て奴だ。よく僕がわかったねえ?」

狼はぺろりとイワンの足を舐めた。

「そうかい。そんなに賢いんなら一緒においで」

二人は一緒にスルジャ村に向かった。イワンが先を歩き、狼がよたよたついてきた。

家に着くとイワンは窓から忍び込み、狼は入り口の盛り土《つち》の上に横たわって、子犬みたいに丸くなった。

どちらもたちまち眠り込んだ。

その朝スルジャ村は狼を見つけて大騒動。女たちが慌てふためいて逃げまどい、

「悪魔だ、悪魔だ、化け物だぁ!」と叫びたてた。

そこでイワンは狼の口もとをなでて、大声で言ってやった。

「おばちゃんたちったら間抜けだなあ、何が怖いのさ。これ、おいらの友達で、狼だい、悪魔なもんか」

その五　言葉はかつて動物の魂であり、文字は動物の輪郭だったことがわかる章

「存在することにどんな意味がある？」あるときサッヴァ・アガプチコフは自分にこう問いかけて、考えこんだ。

精進期のさなかのことだ。野原のあちこちに融け残った雪が、わびしさをかきたてた。もの悲しいなんてもんじゃない、魂のど真ん中に棒を突っ込まれ、そいつが犬ころみたいにとび跳ねてるみたいな苦しさだ。

ふくよかで顔つきも良かったから、まだ色気の失《う》せない女たちから「男前のサッヴァさん」と呼ばれていたサッヴァが、やつれはじめた。

「存在することにどんな意味がある？」

サッヴァは野良仕事を放り出した。魂が渇ききってるときに、パンがいったい何になる。サッヴァはアカザの茂みにもぐり込み、最後にもう一度考えた。万物のもとはどこにある？

サッヴァはそのまま、アカザの中で息絶えた。サッヴァの老いぼれた頭は、長年の仕事や貧乏や女たちとの交わりのせいで、干からびてくたくたになっていて、鋼《はがね》のような力はもう出せない。だから生命の苦しみという、この世の神秘を解き明かすことはできなかった。サッヴァはアカザの中から這い出ようともしなかった。

「おれには何ひとつわからん、信じられるものは何もない、もちろん自分自身もだ。おさらばだ！」

そしてサッヴァは息絶えた。男前の百姓だったのに。

一方スルジャ村では、まるで自然の流れのように、人ざと離れた村はずれで、塚の上で、もの言わぬ月の下《もと》で、イワン・コプチコフが目にもとまらぬ速さで成長していた。世話してくれる者もないのに、ひとりで一気に大きくなった。見えない力が急《せ》きたててでもいるかのように、背丈も横幅もぐいぐいと伸びていった。母さんがシャツの穴やほころびをいくら繕っても間に合わない。シャツが一枚きりなのがせめてもの幸いだった。

森でヤキムがグラーシカのためにへとへとになったときから、十年の月日が流れた。ペトラはもう二回も屋根を葺《ふ》き替えた。谷の崩れはどんどん進み、スルジャ村まで迫っていた。フィーリカ・ジグンはドン川で溺れたまま姿を消した。きっとフィーリカの腹の中にあぶくができなくて、浮かんでこなかったのだろう。太陽だけがいつもと変わりなく、あたりに熱気をまき散らしていた。

イワンは言葉に耳を澄ませた。言葉はシュウシュウかすれたり、歌ったり、虫みたいにぶんぶんいったり、耳を優しくなでてくれたり、ぎゅっと締め付けたりする。きれいなネズミ、生きた獣《けもの》、草、風、水気、そして夢、飢饉。ありとあらゆる魂の力の、ひとつひとつに言葉がある。女の人のように優しい言葉、震えあがるような脅しの言葉、燃えるように熱い言葉。村の夜番が打つ拍子木や口のきけない乞食のように、鈍くぼんやりした言葉、娘たちの唇のような、あるいは火照《ほて》って眠れぬひとり寝の八月の夜みたいな、ねばりつく熱い言葉もある。

イワンは野原を歩きながらつぶやいた。

「ライ麦がムクムク……。蹄《ひづめ》がパカパカ、汗がポタポタ。わらじをモコモコ編み上げて、継ぎをペタペタ貼りつけた。顎の内で文句ブッブツ、舌でクタクタくだ巻いた。海にはカマス、柩《ひつぎ》に死人、森にフクロウ、腹の中にはサナダムシ……」

イワンの頭は先へと進み、世にあるものに名前を刻みつけていった。

言葉は命そのものだ、命を小さく圧縮し、早送りしたものなんだ。命を感じとりさえすれば、たちまち言葉は見つかるだろう、命が吐く息のひとつひとつにも。見つけた言葉は人々が前から使っている言葉と、そっくり同じになるはずだ、自分の新しい言葉と、いま人々の間にある古い言葉とは、ぴったり合うに違いない。なぜなら命の勢いに押されて最初に言葉を叫んだ人も、今のイワンと同じように力強く、生気にあふれ、ひとりすっくと風の中に立ち、驚いたようなまなざしで世界を見つめていたからだ。

言葉は壁にぶつかって鳴り響く魂のよう。ぶつかる時やぶつかり具合で、そのつど違う響きがする。

言葉は歌に歌われても紙に描かれても、魂にそっくりだ。

生命と魂と言葉について、イワンの思いは駆けめぐる。

イワンは幸せで、何の迷いもなかった。心臓はせいいっぱい脈打っていた。こんこんとあふれ出る考えに脳はきしみ、火花をまき散らしていた。ひとつしかない真実という火花だ。

生きることは静かで暖かい、そして何も怖くない。

兜虫《かぶと》は兜という字に似ている。花、星、心。どれも誰かがそっと口づけした、優しい物、優しい言葉。唇の触れる音がする、魂がきらめき光る。

魂を言葉の中でいつまでも保つこと、数えきれぬほど繰り返すこと、それこそが人間の力だ。

「この世でやるべきことはこれだ」とイワンは思った。「百姓たちは穀物を作る。女たちは子供を、大工は家を作る。僕は散り散りになって見失われた言葉から、りっぱな魂を作ろう。

僕はそれを全部、元のもとから作っていこう」

その六　とても短いが欠かせない章

イワンは言葉について考えた。谷を意味するオヴラーグという言葉は、どうしてオヴラーグというのだろう。理由はきっと、谷が百姓たちから土地を奪うからだ。毎年春と秋に谷の縁《へり》の地面が崩れ、耕作地が、穀物が実るはずの土地が消えていく。それを見た最初の人が、憤って叫んだのだ、「えーい、敵《ヴラーグ》め！」と。

谷は百姓の敵《ヴラーグ》だ。

敵は滅ぼさないといけない。イワン・コプチコフは百姓たちに言った。

「もうじきスルジャ村は崩れて谷になっちゃうよ、いいのかい？」

その七　谷がお金を生んだ話が語られる章

そんなわけで、イワン・コプチコフは百姓たちに言った。

「僕らのスルジャが谷に呑《の》まれてしまうぞ」

ところが相手は百姓だ。ぼりぼり身体を掻きながら、

「さあ、ひょっとしたら呑まれんかもしれん。呑まれるとしても、そんなにすぐってわけじゃなし！」と言うばかり。

百姓が拳《こぶし》を振り上げるのは、殴り合いが済んでからと決まってる。イワン・コプチコフはたった十歳だったけれど、そんな連中とは大違い。自分の持ち場の谷いっぱいにタチヤナギとヤマネコヤナギを植え始めた。横方向に幾列もせっせせっせと植えていった。家畜に荒ら

されないように、親友の狼を谷に住まわせ番をさせた。

三年経つと、谷がイワン・コプチコフにお金を生み始めた。

タチヤナギは威勢よく、一年に一アルシン〔約七十センチ〕も伸びる木だ。四方八方に拡がってこんもりした林になる。しなやかで蠟のような、見た目も綺麗な灌木だ。

イワンの持ち場では谷の崩れが止まり、草が生えてきた。イワンがその草を刈ると、荷馬車に三台半の干し草がとれた。

秋になるとイワンは谷でまっすぐな枝を選んでは、狼とふたりで刈り取った。イワンは小さな小刀で、狼は歯で切っていく。狼の歯はまさにかみそりだ。

百姓たちはせせら笑った。

「さんざん植えておいて、今度は切っちまうのかい。頭がどうかしてらあ！」

イワンは口も開かない。無駄なおしゃべりはまっぴらと、黙々と仕事に精を出す。刈り取った小枝を編んで、長持ちや手籠をどっさり作った。町に持って行って売ると、全部で二五ルーブリにもなった。

こうして谷がお金を生んだ。

そこで百姓たちも目が覚めた。

「悪魔みたいな坊主だぜ。たった十三のくせして、俺たちよりも賢いや」

スルジャ村ではいっせいに好い日和を選び、イワンにならって谷いっぱいに木を植えた。

その八　未知のシラミの卵の猛襲に遭う章

イワンの身体をかゆみが襲った。ひりひりして焼けそうだ。眠れないし食欲もない。腹の中から喉もとまでかっかと火照ってたまらない。狼の口でも引き裂くか、手で地面を掘りぬくかしたい、地熱で熱くなっている深部まで。

イワンはもう知っている、墓穴の中は暖かいし、漁師たちは真冬に地面が凍っていても、深い穴を掘って仮住まいを作る。

熱く濃い血の塊が狭い身体であばれている、発散しようにも適当な仕事がない。イワンはもう考えるべきことは考えつくし、やるべきことはやりつくした。ペトラ叔父さんの小屋の修理もしたし、壊れた垣根の修繕も、茄子《ナス》畑の草取りもした。ぜんぶ文句のつけようのないできだ。

毎夕毎晩、イワンは入り口の盛り土に座る。コオロギが鳴き、池では何かがゆっくりと、閉じ込められた牡《お》牛みたいな声で、いつやむともなく歌っている。

イワンの心で何者かが、細紐で喜びをつなぎとめ、しっかり握って離そうとしない。

「そりゃおまえ、そろそろ女に近づけってことだ」とマルティン・イッポリートィチが教えをたれた。マルティンは近所の靴職人、村では賢者で通っていた。「なるたけ丈夫な娘っ子を連れて森ん中に行ってくりゃ、生き返るさ。そのまんまじゃおまえ、ミイラになっちまうぞ」

イワンはすっかりうろたえた。マルティンは時おりイワンに知恵を授けてくれたのだ。

「誰か尻の軽いのといちゃついてくりゃすっかり治るって。間違いない」

イワンはあるとき森の伐採地を歩いていた。夜の靄《もや》が大地をすっぽり包んでいた。ほとんど何も見えない中で、ふとパンの皮の匂いがした。

後ろから誰かの素早く軽やかな足音が聞こえてくる。イワンは待ちうけた。スルジャ村のナターシャという娘が近づいてきて、こちらを見ないまま通り過ぎた。前に見かけたことがあったか、なかったか——思い出せない。顔かたちも髪の毛も、体つきも、何ともいえず愛らしくていとおしい。声はきっと優しくて、ゆったりと響くだろう。話せば言葉の隙間から娘の思いが流れ出て、手に取るように聞きとれるだろう、言葉そのもののように。

イワンの心の中で、喜びをつなぎとめていた紐が切れ、涙になってあふれ出た。

ナターシャは行ってしまい、イワンも歩きだした。

村はしんと静まっていた。イワンの心臓から小さな蚊みたいな虫が音もなく這い出して、ちくちくひりひり身体を刺して眠らせなかった。

日が日をついで過ぎていく、女たちが糸巻きに糸を巻くように。ペチカの上に寝転んで、時々女に色目を使っていると、心は思いでふくれ上がり、一日は長い。黍《きび》の粒に混ざった塵《ちり》みたいに泣き言が胸の内に広がるとき、人生は果てしなく長い。

百姓たちはぼさぼさ髪で歩きまわった。村じゅうに何かの病《やまい》が毒ガスみたいに広がりだした。男たちは皆、兵役に取られる若者みたいに意気消沈して、ふさぎこんでいた。

女たちにはしごく丁寧にうやうやしく呼びかけた。

「フェクルーシャお嬢さん」だの、「マリユーシカお嬢さん」、「アフロシーニユシカお嬢さん」、「アクシーニ・ザハーロヴナ奥さん」だのと。

至福の時が訪れた。

イワンはナターシャの横に始終坐りこんでは、村じゅうに恋の病が広がったのは僕らふたりからだ、と語り聞かせた。ひとりの心臓から火の粉が飛んで、みんなの心臓に火を点《つ》けた。ナターシャのおかげでイワンの身体にシラミかノミみたいなものが湧き、そいつらが飛び出して、村じゅうの男女にうつったんだ、と。


この中に愛のシラミ、ただし目には見えない。

ところがこのシラミは目に見えなくて、爪でも石でもつぶせない。

こいつらが世界じゅうを飛びまわった日には、世界はまさに一巻の終わり。

村では誰もが静かに抱き合っていた。ところがいくら抱き合っても子供はできず、精力が尽きることもなく、ただ喜びだけがあり、熱に浮かされたように仕事ができた。

その郷の大きな町から博士が調べにきて、何人かの身体を診察し、こう告げた。

「不思議なできごとではあるが、宇宙は偉大で奇跡に満ちており、いかなることも起こり得る。ニュートン[*1]がかつて言ったごとく、我々は時空間という大海原の岸に住み、色さまざまの石を探している……。このアモーレ菌[*2]も、これまで誰も見たことのない極めてまれで奇《く》しき石のひとつである……」

その九　イワンの新たな企てをはっきりと暗示する章

汚れた露が木の葉に落ちると、木の葉は錆びついたみたいに醜くなる。愛のシラミについて語った博士の言葉は、汚れた露のようにイワンの魂に落ちてむしばんだ。イワンはその愛のシラミとやらを摑まえて、にらみつけてやりたかった。ところがこいつは目に見えない。

イワン・コプチコフは汚れた露に冒された木の葉のようにみっともなくなった。熟れすぎた胡瓜《キュウリ》みたいにぶつぶつだらけ。愛らしさは見る影もなく、野ざらしにされた絵画みたいに色あせた。

イワンは大好きな塚を思い出し、また塚に移り住んだ。大空を天井にして、ひと夏じゅうをそこで過ごした。あるときふと頭に手をやると、触れたのは髪の毛でなく、乾いた麦の刈り株だった。ぱさぱさボキボキ折れてしまう。

「うわ、なんだこりゃ〜！」

見まわせばあたり一面、黒いこと煙突の中の煤《すす》さながら。草原は黒猫のごとく黒一色。旱魃《かんばつ》をもたらす太陽が大地を呑みつくしていたというのに、イワン・コプチコフは気づかなかった。イワンの髪を干草にしたのも太陽だ。

たちまち愛のシラミはイワンの頭から消し飛んだ。人は食うものがなくなると、とたんに愛のシラミどころか、下着の中のシラミのことも忘れ去る。

イワンは同じ所へ三回続けて唾を吐いた。唾は一瞬にして地面に吸い込まれ、跡形もなく消えた。

呪われた大蜘蛛め、火炎を上げている太陽め。イワンは大きな拳《こぶし》を突きつけた。

＊1原注　偉大な学者で思想家。英国生まれ。
＊2原注　博士は学術用語を用いているが、ロシア語で言うなら「愛のシラミ」。

「この悪魔、目に物を見せてやる、きさまの好きにさせるもんか。ぶちのめして、僕らの意思に従わせてやる」

その十　まばゆい天体がイワンの手に落ちて永久に苦役を担わされる章

またもや薄めたスープのような生活が続いた。息はしていても生きている気がしない。愛のシラミのない暮らしは、肉のない昼飯みたいだ。

太陽は狂おしく熱風を吹きつけ、大地は生きものの棲《す》まないがらんどうの地になった。太陽ははかり知れない憎悪をたぎらせ、真白い炎を日ごと新たに孕み続けた。

野原には辛抱強い枯草だけが、干からびてかすかに揺れていた。そのほかに見えるのは、熱い砂の上に蛇が残した恐ろしい跡ばかり。跡は延々と続き、不意に消えている。蛇はどんな獣にも似ない、蛇にしかない姿をした、声を持たぬ不気味な生き物だ。

蛇が好きなのは、太陽と砂と無人の世界だけ。

地面に種を蒔《ま》けば、暖炉に蒔いたみたいに一瞬にして焼け焦げた。種と一緒にすべての生命が焼けた。百姓たちは痩せ細り、もう愛のシラミどころか、けちな毛ジラミ一匹飼う力もない。

一点の黒雲も白雲もなく、ひとそよぎの風もない。昼はぎらつく白炎がひとつ、夜は星々の群れだけが、振り返りながらゆっくりと流れていく。

世界は静まりかえっていた、死が忍び寄っていたからだ。

イワンはすっかり面《おも》変わりした。まっすぐな我慢強いまなざしを持つ、背の高い痩身《そうしん》の若者になった。うっすらと髭が生え始め、激しい思索の跡が皺になって刻まれていた。

八月に入り、三日続けて重苦しい黒雲が出た。低く垂れ込めてはまた少し遠のいたり、灼熱の暑さで砕けたりした。黒雲は空一面に広がった。

「こりゃ不吉な兆《きざ》しだ」と年寄りたちは言った。「こんな雲からは水でなく、石が降ってくるぞ」

イワンは野原に出てじっと待った。生き物の気配はない。鳥も、獣も、虫たちもかき消したようにいなくなり、どこかに身をひそめた。

黒雲が居すわって、空は地底の闇より暗い。だが一滴の水も落ちてこないし、かすかな物音もしない。

イワンは晩まで待ったが、黒雲は微動だにしなかった。

イワンはひと晩中一睡もしなかった。石の降ってくる音を聞こうと、ひたすら耳を澄ませた。何も降ってはこなかったし、朝になっても黒雲は動かなかった。

真昼になって初めて、白い稲妻が空一面に矢継ぎ早に現われて、空と大地をまばゆいばかりに照らしだした。稲妻は、スルジャ村と草原とまわりの森に火をつけた。ばりばりばりっと凄まじい雷が落ち、人々はなぎ倒されて泣き叫び、獣《けもの》たちは森を飛び出して百姓小屋に逃げ込み、蛇は身をよじらせて巣穴の奥へ躍り込むと、ありったけの毒をひと息に吐いた。

稲妻の直後に氷塊が降りそそぎ、命あるものをことごとく滅ぼし、命なきものを粉々に砕いた。

イワンは降ってくる氷塊より速く大きな谷を滑り落ち、洞穴《ほらあな》の中に飛び込んだ。気候が良かったころに人々が砂を採掘してできた洞穴だ。

氷塊の次は水が、けたたましい咆哮《ほうこう》をあげて空から滝のように叩きつけ、空っぽの大地をぼろ切れのように引き裂いた。

空中を駆けめぐっていた稲妻の青い炎が止まり、木の枝で引きちぎられた蛇の身体みたいにぶるぶると震えた。

黒雲から襲いかかる奔流で、息ができない。雨はこの世にあるものの一切合財を切り刻み、金切り声を上げ、狂おしく吼《ほ》えてのたうちまわった。

雷が落ちるたびに水は新たに凶暴な渦を巻き、巨大な鋼鉄の錐《きり》のように地中にめり込み、土砂は怒濤となって谷底に崩れ落ちた……。

猛り狂う雨脚は、夕方にはいくらか鎮まった。

イワンは外へ這い出した。外はすっかり冷えている。谷底ではまだ激流が逆巻いている。洞穴のある斜面は一面の泥沼で、めちゃめちゃにひっくり返された地面のほかは何もない。

イワンは谷の上に這い上がり、眼前の光景を見やった。スルジャ村は影も形もなく、森も野原もない。あるのは砕かれた黒土の塊と、低地でどよめく不気味な水音だけだった。

イワンは考えこんだ。氷塊と豪雨が襲ったのは、たしか稲妻が光りだすのと同時だった。それまで黒雲は死んだように動かなかった。

イワンはまっしぐらにヴラス・コンスタンチーノヴィチのもとに向かった。いつぞや町からやって来て、愛のシラミを調査していった博士だ。

博士は書物を愛し、独り者で、ひたすら自然の研究に身を捧げている人だった。

ヴラス・コンスタンチーノヴィチはスルジャ村のみんなを愛してくれた。イワンは博士の所に着くなり言った。

「雨は稲妻から降ってきました、雲からではなしに」

「うむ、なんと説明したものかな」と博士は答えた。「電気が大気中の水蒸気を結合させて、雲を作っているのだよ。稲妻は放電といって、電気が外に飛び出して散乱する現象なのだが、これが起きると水蒸気の結合が解けて水になり、自然に地上に落ちてくる」

「その水蒸気って、空気の中にいつもあるのですか？　雨が降っていないときも、うんと暑いときも？」

「いつも、そしてどこにでもある」とヴラス・コンスタンチーノヴィチは答えた。

「電気は自分で作ることができますか？」

「ああ、できる……」

博士は窓際の、悪臭を放っている缶を指差した。

「それ、まるごと僕にください」

「ふむ。よかろう、持っておいき。これは安いものだ。だが何にするんだね？」

「ただちょっと見るだけです。じきに返しにきます」

「いいともいいとも、持っておいき」

イワンはドン川の漁師のもとに身を寄せた。スルジャ村も、身寄りも、村の家々も、豪雨で全滅したからだ。

一つのことがイワンの頭に入った。電気というのは大気中の水分を残らず集めて雲を作るらしい。

それなら旱魃が起きた時、電気の力で水分をかき集めて、作物の根を潤すこともできるんじゃないだろうか。

洪水が引いて地面が乾くと、イワンは電気で水を作る方法を探り始めた。

イワンはエレメイじいさんの掘っ立て小屋に住んだ。自然を相手にひとりぼっちで暮らしてきて聖者のようになったじいさんだ。イワンはそこに身を寄せて、ブリッカやチャブやナマズなどの魚とジャガイモで食いつないだ。

またもや炎暑が大地に居すわり、何もかもが干上がった。

大地は燃えてうめき声を上げた。

イワンは例の缶をありとあらゆるものに当てて試してみたが、成果はない。缶にはネジが二つ付いていて、一方にはマイナス、もう一方にはプラスの印しがある。マイナスのネジから出ている導線の先端をばらして細い銅の線をむき出しにし、草の根っこにくっつけてみると、初めて手ごたえがあった。プラスのネジから出ているもう一本の導線は、長い棹《さお》に這わせて上に伸ばし、棹は倒れないように地面にしっかり差し込んだ。すると、細い銅線に触れた草が緑色を帯び、甦ったのだ。そのまわりは一面、相変わらず死のような焦土のままだ。

イワンが土をほじくって草の根に触れてみると――湿っている。よし、これで太陽とも折り合っていける。

電気とはいったい何なのだ、どうして電気は根を湿らせることができるんだ？

イワンは十年後にアメリカでようやくその答えを見つけた。電気とは何か、私たちの世界と宇宙全体がどうやって電気から成り立ったのか、今も成り立っているのか、初めて突き止めたのだった。

その十一　墓と貧困の内から再び不滅の労働力がほとばしり出る章

スルジャ村は木っ端微塵《みじん》に砕け、黒土にめり込んで泥と一体になった。残ったのは暖炉の残骸の煉瓦と、どこかの石の隙間にもぐりこんでいた牝鶏《めんどり》がただ一羽。こいつは息を吹き返し、だらしなくほっつき歩いていた。

どこにも命の気配はない。空から降りそそいだ氷塊に、百姓たちはひとり残らず頭を叩き割られた。

だが十日後のこと、コンドラーチイという男が姿を現した。仕事もしていない宿無し野郎だ。昔は炭鉱にいたこともあったが、このところは兄貴の居候になり、家畜みたいな面《つら》でのさばっていた。

「俺はロシア民族の統領になるんだ。お前の畑なんざ耕してられるか」

そいつが今、這い出してきた。暖炉の中にひそんでいたのでかすり傷ひとつない。

コンドラーチイは穴が開くほど牝鶏を見つめた。

「きさま、俺さまの気を狂わせたいのか、世間じゅうを泣かせて歩く気か？　一羽いりゃまだしも、たった一羽とはなんだ、こん畜生！」

つかまえて首をひとひねり、頭をもいでしまった。

「この下司野郎《げす》、死に神にさえ見離されおって……」

そのときコンドラーチイの心に何かが起きた。

「ほざきやがって、人間が滅ぼされてたまるか。何千年と生きてきた、偉大な人類が……」

跡形もなく潰れたスルジャ村から紐や何かの切れ端をかき集め、住まいを作り始めた。

小屋まがいのものができあがった。

スルジャ村から町に出ていたひとりの娘が戻ってきた。娘は地面に倒れ伏し、

「愛しいおっかさん、あねさんたちよう……。あたしをおいて逝《い》くなんてよう」と、果てしない哭《な》き歌が始まった。

コンドラーチイが娘に近寄った。

「わめくなよ、な。見たとおり、もう住人は誰もおらん……。そこで俺がおまえの連れ合いになる」

まずは将来のためを思い、手始めとして娘を抱いた。

それからほどなく、ドン川から戻ったイワン・コプチコフもスルジャ村に姿を見せた。

三人でもう一つの小屋を造り始めた。

イワンは魔人のように働いて、一気に小屋を二つも建てた。

冬までにはもう娘のお腹が膨らんでいた。

「民族がまた増える」とコンドラーチイ。

「今までとは違う民族を産むんだ」とイワンは言った。「この世にかつていたことのない民族を。古い民族はもういらない……」

イワンは、娘のお腹《なか》から出てくるだろう新しい民族を思った。

新しいスルジャ村を作らなくては。古いスルジャ村は人々に苦しみしかもたらさなかった、パンさえろくに食べさせなかった。

新しいスルジャ村を作ろう。

イワンとコンドラーチイは心に誓った。

飢饉も病気も、悲しみも争いもない、新しいスルジャ村を作ろう。

「世界が楽園みたいになるぜ」とコンドラーチイが言った。

「僕らの手で新しい暮らしを作ろう。そうすればおまえの子供たちも、今までとは違う新しい人間に育つだろう」イワンはひと言ひと言をかみしめるように、力強く言った。

その十二　戦場の勇士もひとりでは兵にあらずという考えに思いいたる章

太陽は最後に残った小さな小川を完全に呑み干そうとしていた。そうなれば終わりだ、水無しで生き延びることはできない。四方八方、見渡すかぎり裸の地面、幾百露里にもわたって命の気配はない。

地上にはコンドラーチイとイワンと女、そして二頭の痩せ牛と一匹の狼。空には猛り狂う太陽。どちらに軍配が上がるか。本当にこのまま、人間は力尽きるしかないのか？

イワンの唇は日照りでひび割れた道路さながら、口の中は連日の旱魃のよう。

昼夜の別なく人間たちは這いつくばり、木のシャベルで地面を掘った、地中深く、水を湛《たた》える大地の心臓部まで行きつこうとした。昼も夜も休みなく、迫って来る死との競争だった。

人間たちが半死半生で水にたどり着くのが先か、死神の方がひと足早く、息たえだえの心臓を蝶でも抓《つま》むようにひねりつぶすか。

五日目の夜、コンドラーチイがよろよろ井戸から這い出して、四つん這いで小屋にたどり着き、今にも身二つになろうとしている女に命じた。

「おい女、お産は中止だ、今はそれどころじゃない。命のあるうちに井戸の中へ入れ、水が出るまで泥を搔け！」

女は這い始めた。

さらに三昼夜、人々はモグラになり、血まみれの手で土を掘って掘って掘りまくった。四日目の朝、もう死にかけていたイワン・コプチコフは腕の下が濡れているのを感じた。初めは自分が喉から血を吐いたのだと思った、前の日にコンドラーチイがどっと血を吐いたから。でも血なら熱くて塩辛いはず。これは手が切れそうに冷たくて、かすかな苦味がある。

「コンドラーチイよぉ、ひょっとしたら水だ」すぐさまぐじゃぐじゃの湿った泥を貪るように口に含んで、イワンはかすれ声を上げた。

コンドラーチイは狂ったように飛び上がり、頭からまっさかさまに落ちた。顔を冷たい泥の中に突っ込んだ……。ひび割れた唇で泥の中から乏しい水分を吸い始めた。だが水分は少な過ぎた。

「シャ…ベル…で…ひと掻き…できりゃなあ」コンドラーチイは途切れ途切れに言った。

でも男たちにはもうその力がなかった。女の方は、すっかり死にかけていた。新しい人間が女の腹から這い出していた。避けようのない死が待ち受けているのに、そいつは這い出ようとしていた。女はなぶり殺しにあっている雌犬のような悲鳴を上げ、石をくわえて歯を喰いしばった。

その時イワンの頭に太陽の顔が浮かんだ。井戸の中からは見えない。でも奴は僕らが負けるのを見たら、さぞけたたましい声で笑うだろう。

「くそぉ、ほざくな、降参してたまるか！」イワンは吼《ほ》えるように叫ぶとありったけの力でシャベルの上に身体を乗せた。一回、二回、五回。

救いが訪れた。死の間際《まぎわ》、人間の耳はあらゆる音を聞く。今イワンの耳は、静かに穴に満ちてくる水の音を聞いた。

そのとき上から、何か柔らかいものがぽとりと落ちてきた。イワンはそいつを目のそばまで近づけた。なんとそれはウサギだった！　死にかけている友達のために狼がウサギを捕ってきたのだ。いつか自分を救ったイワンを、狼は救おうとしていた。

二日のあいだ人間たちは苦い水を飲み、狼が運んでくれるものを残らず食べた。そして力を取り戻し、上に這い上がった。最初に目に入ったのは、渇きで死にかけている狼だった。イワンは泣きながら狼に縄を結びつけ、井戸の中におろした。

「生き返っておくれ、かわいい狼！」

その十三　貧民たちがイワンによってボリシェヴィキ民族に結集していく章

「住民がおらん。俺たちだけじゃカンカン照りの太陽のやつにかないっこない……。俺の女ひとりに民族を産めってのは荷がかち過ぎる。どうしたってよそから人間を引っ張ってこにゃならん。どんなしけた奴でもかまわん、頭と手さえまともについてりゃ……」

コンドラーチイはぐるぐる考えを巡らせた。

イワンはとっくに思案していた。

コンドラーチイから死んだ牝牛の足を一本もらい、狼にひと声かけて出発した。

五日ほどすると、住民の気配がし始めた。道中ぼつぼつと、坊さんや牝鶏や、草むらやこんもりした木立など、地上の生きものが現れた。

イワンが辿り着いたのはメレニャーチエフカという村だった。狼と二人、村の通りを歩いていった。狼は犬どもを見ると音も立てずに嚙みつき、骨が見えるまで皮をむしった。

井戸端にどこかの流れ者が座っているのが見えた。それほどの年でもなく、まだ若造に違いないが、魂の底まで飢え切ったような奴だ。目ばかりぎらぎら光らせて、探るようにあたりを見ている。

「こっちに来いよ、そこのしけた奴」とイワンが声をかけた。

「用があるなら自分から来な」若者はひび割れて血のにじんだ唇から、がさがさの声を出した。

イワンは近づいた。

「やあ」

「やあ」

「何してんだい、座り込んで？」

「きさまこそ何をちょこまかしてやがる？　言うことがあるならさっさと言いな、無駄口はごめんだ」

「僕と一緒に来て、働く気はないかい？」

「いったいぜんたいどこにだい？　土地はあるのか？」

「土地はたっぷりある。氷塊が降って住人が全滅したんだ。聞いてるだろ？」

「噂にはな。家畜は？」

「今のところ狼が一匹。あとはまたあとのことだ」

「狼でも役に立つさ、賢けりゃ」

「君、一人かい？」

「じゃないから厄介なのさ。ほら、あの谷、見えるだろ、あの柳の林。あそこに仲間が何人か待機中だ……この村を襲うのさ……夜襲だ……わかったかい？　でもばらすなよ……この村の奴ら、人でなしだぜ……どの家もどの家も、薄情者ばっかりだ。真夜中にこっちの端から火をつけるんだ……おまえももう逃げられんぞ、ぶっ殺すからな」

「君たち大勢かい？」

「二十人かそこらだ」

「どこからだい、出て来たのは？」

「クバンからよ、歩きに歩いたぜ。途中でくたばった奴もいる……。今やっと食い物に出くわしたってわけよ」

「いいかい」と、イワンは説き聞かすように言った。「そんな考えは捨てろ。全員ここにつれて来いよ、とことん話そうや。そんなことしたっていくらも食えっこない」

「息の根を止められんうちにその口をふさげ、さもないとへぼ蛙みたいに井戸の底に叩き落としてやらあ」

「脅し文句はやめな、おいらの方がよっぽど怖いぜ。人が大事な話をしているのに、口先だけの強がりは吐くな。さ、君の連れのところに行こう」

若者はイワンに目をやった。きりっと結んだ唇、黒い隈にふち取られてらんらんと燃えている瞳、骨と皮しかない身体。まさに首領の風格だ。

「ふん、行こうぜ、色男……」

村をあとにして、谷を下った。さすらい人みたいにさんざん歩いた。

若者がか細い喉からオオヤマネコの遠吼えのような声を長々と響かせた。イワンの心臓が共鳴し、高らかに鳴りだした。

谷から出てきたのは、陰気と不幸の化身みたいな人の群れだった。ひとり残らず亡者のよう、やせおとろえて生気がない。憎しみとわずかばかりの力が残っているだけだ。

みんな頭《かしら》の若者と一緒にイワンをぐるりととり囲んだ。

イワンは諄々《じゅんじゅん》と説いて聞かせた。

「これが生活と言えるか、情けなくないのか？　喜びは自分たちの手で作るんだ、他人を襲うなんてもってのほかだ。太陽はでかい、熱は太陽からもらおう。土地はいやってほどある、水は地下から掘り上げよう。それでこそ生活だよ。平和で豊かな生活を始めようじゃないか」

放浪民たちは長い時間をかけて聞いたことを噛みくだいた。罵り合いや取っ組み合いまでして、のされた者も一人いた。

晩までに、イワンの言うことが聞き入れられた。

「行こうぜ、狼の兄弟……。だが気をつけな、何かあったら命はないぜ――涙一滴こぼす間《ま》もないと思いな」

放浪民たちのあいだにひとりの娘がいた。スグリの粒のような瞳が、まるで誰かに殴られそうになってるみたいにおびえており、髪は降りしきる雨脚のように肩に流れ落ちていた。

娘は道中ずっと黙っていた。浮浪者たちが殴り合いをしてもひと言も声を出さなかったし、イワンの方を見ることもなく、仲間とイワンに連れだって無言で歩き始めた。

「女王様を見たかい」と頭《かしら》がイワンに言った。「カスピ海からお供してんだぜ、花嫁みたいに大事にな。俺たちのたったひとつの財産だ」

その十四　二十二人の男と二人の女と一匹の狼

スルジャ村の住民は二十二人の男と二人の女、そして一匹の狼。小屋が三軒、コンドラーチイの連れ合いが産んだ乳飲み子の坊やが一人。

それ以上は何もない。

イワン・コプチコフはみんなを一か所に集めた。

「いいかい、兄弟たち。僕が全民族の統率者になることをここに宣言する。僕に従いたくない者は、とっとと森に行ってくれ、道は狼が教える。コクマルガラスの群れだって統率者なしには飛ばないんだ。いいな？」

浮浪民の頭《かしら》はむっと唸り声を出し、石ころを拾おうとして身を屈めた。気づいた狼が頭の鼻先でガァッと歯をむきだしたから、頭はどしんと尻もちをついた。

「おい兄弟、お前の狼ときたらとんだ悪党だ。腹ペコの人間が狼に太刀打ちできるかよ、俺は従うさ。行動にうつりな」

このときからイワンが一同の指揮をとり始めた。

まず、二十二人の男たちは一日十五時間働いて、氷塊に砕かれて地中にめり込んだスルジャ村を掘り起こしていった。これでかなりの生活用具が手に入った。男たちにはシャベルや鋤《すき》やその他いろいろ、女たちには鉄鍋、火掻き棒、などなど。金持ちのススリコフの物だった、銀で縁取りした聖像画《イコン》も五つ見つかった。銀ははがし、板は暖炉のたきぎにした。

シャベルを手にした一同は狂ったように土を掘り起こし、鋤で耕し（馬一頭の代わりに男五人で鋤を引いた）、秋蒔《ま》き小麦やライ麦を蒔きつけた。種籾《たねもみ》は地中に埋まっていたのを掘り出し、全員でひと粒ひと粒選別した。

秋の種蒔きを終えると、イワンは一同を森へ狩りに行かせた。手作りの罠や落とし穴を仕掛け、勇みたっている狼と組んで棍《こん》棒を振り回し、来る日も来る日も獲物を捕った。獣や鳥がしこたま獲れた。

ある日のこと、みんなで村に帰る道中、前方に何かの塊がばたばた暴れているのが見えた。すっ飛んでいってみると、塊のように見えたのは何と二匹の狼だった。一匹は自分たちの狼、もう一匹は若くて屈強なよそ者だ。スルジャの狼が若い方を痛めつけていたが、そいつは人間たちを見ると、ぱたんと仰向けになって泣きだした。一同は首筋をつまみ上げ、目の前に近づけて、噛み傷だらけの脇腹をなでながら長い間まじまじ眺めた。やがて地面に下ろして帰り道につこうとすると、狼は甲高くひと声鳴き、とことこあとについてきた。

このできごとでイワンに名案がひらめいた。ひと月たって初冬を迎えるころ、スルジャ村にはさらに二十二匹の狼が、稲妻に焼かれかけた一代目に率いられていた。

焼かれ狼は群れを従わせるのが巧みだったし、イワン・コプチコフは優しく毛をなでてやったり、脅しつけるように睨んだりして、すっかり手なずけた。人々は橇と、橇を牽《ひ》かせるための装具を作った。

冬道が固まるとすぐに、イワン・コプチコフは十二匹の狼を橇につけ、イコンからはがした銀と百四十二枚の狐の毛皮と、いくつかの獲物を積み込み、橇の後尾に物言わぬカスピ海の花嫁を座らせ、自分は前に乗り込んで、口笛を吹き鳴らした。口笛に応えて、焼かれ狼が群れのしんがりでつんざくような歯ぎしりの音を響かせると、狼たちは一斉に走りだした。

イワンは役に立つ品物を山と積み、狼に牽かせて町から戻ってきた。全員に冬用の服と靴、五挺《ちょう》ばかりの銃と銃弾、煙突のついた罐《かま》みたいなものがいくつか。ほかにもとにかくどっさりだ。一昼夜遅れてカスピ海の花嫁が到着した。花嫁はひとりで橇に乗り、白馬が橇を牽いてきた。何か大きな箱を一つ運んできたが、それは開けずに小屋の中に置かれ、イワンはそれ以上さわらせようとしなかった。

あくる朝、男たちが聞いた。

「罐は一体なんなのさ？　密造酒でも造るんかい？」

イワンはにやりと笑い、斧と大工道具を持って森に行くよう指図した。三週間後には森の中で、小さなタール乾留工場がもくもく煙を上げていた。

「春までにはお金になるよ」香りの強いタールが最初の樽をいっぱいにしたとき、イワンは言った。

タール乾留工場のほかに製材所も建てられた。馬が車輪を回し、車輪は狂ったように丸鋸《のこ》を回転させ、一日に何百枚もの製材の山ができた。

みんなは楽しく歌を歌い、夜が更けるまで働いた。

その十五　世界が放浪民の兄弟だということがわかる章

春が来た。イワンの心は、空っぽの大地に吹く風のようにざわめく。

カスピ海の花嫁の心もざわめく。花嫁はさまよい歩き、自分の思いに耳を澄ませる。天空の彼方で太陽の光が震えたときに生まれ出た、さまざまの思いに。

イワンはまるで物語を聞くように、カスピ海の花嫁を見つめている。春になって膨らんでいく身体に、また愛のシラミが湧いてこないといいのだが。

カスピ海の花嫁の身体は明るい月のよう。白々として固く穏やかで、真夜中の麦畑に照る月の無言の輝きのよう。

放浪民の仲間たちは睦まじく、心をひとつにし、一本の手のように動いた。

イワンは早くも太陽の襲撃を予感していた。太陽は吼え、大口を開けて大地に炎を吐き、草木を立ちすくませている。青草の萌える野原を一週間後には黒焦げにしようと企んでいる。

「世界には人間なんか要らないんだ」とイワンは思った。「でも僕らの方じゃ世界が要るぞ。世界の脳天はどこだ、見つけ出して一発お見舞いしてやらなくちゃ、何か重いもので。……たとえば考える力で。考えを機械に変えて、それでがつんとぶちのめすんだ」

だがこうパンがなくては、考える力も湧いてこない。時間はどんどん過ぎていく。大地は早くも太陽に焼かれ、呻き声をあげている。

あるときイワンは真夜中に跳ね起きた。頭の中で何かまばゆい光が弾《はじ》け、切なさで胸がふさがった。血管がうずき、全身の力が喘ぎながら燃えていた。

イワンはすぐさまみんなをたたき起こした。

「森に行こう！　風車を造ろう！　地下から水を汲み揚げるんだ、黍はもう干上がっている……。餓えてくたばるしかないぞ。またカスピ海を漂って、花嫁を探すはめになる」

ボリシェヴィキの民は丸太を運び、板を切り出し、柱を打ち込み、傾斜をつけて支柱を組んだ。木の塔の各部を固定した。

イワンは無言でたたずんで、考えを凝らし、指示を出した。イワンが設計技師の役を務めた。太陽に歯向かうかのように木の塔が伸びていった。世界の敵意に囲まれて孤児《みなしご》のように取り残された人々は、災いと太陽の脅威を前に固く団結し、熱に煽《あお》られたように働いた。

カスピ海の花嫁はすぐそばの小さな丘に坐り、太陽の声を聞いていた。

夕方までにイワンは早くも薄板を削り、風車の羽の軸に取り付け始めた。イワンは長いこと目を細め、微調整し、計算した。

「風は斜めの角度から当たるようにするんだ、そうすりゃでっかい力になる」

真夜中にボリシェヴィキたちは狼の肉を食べ、身体中の穴から鼾《いびき》をかいた。

翌日は二本のシャフトと、揚水用の大きな木製スクリュー造りにとりかかった。

花嫁は黙ってそのかたわらにすっくと立ち、働いている地上の仲間たちを見てはいなかった。

一日が過ぎ、さらに二日が過ぎた。太陽は雄叫《おたけ》びを上げながら、大地を食い尽くそうとしていた。地球は炎の洪水の中を進み、力尽き、死の静寂の中で止まろうとしていた。

ついにその日が来た。人々は真夜中から起きだし、風が出るのを待った。太陽が昇り、アジアからの熱砂が空に漂いだしたとき、風車がひと揺れした。そして音高く軋《きし》んだかと思うと回りだした。木製スクリューが水音を響かせ、水を上へと送り出した。水は高く揚がって樋に落ち、清らかな流れになって畑にほとばしり始めた。

灰に覆われ焦げた臭気の中で呻いていた大地の一片が息を吹き返し、みずみずしい緑になって歓喜の歌を歌いだした。生きて勝利し、疲れきった人々がかたわらに群がっていた。

カスピ海の花嫁に大いなる奇跡が起きた。

日の光が小さく震え、花嫁の頭に考えを生み、花嫁は、どこへ行くのか知らぬままその考えに導かれた。花嫁の語る言葉は自分の思いではなく、太陽が花嫁の頭の中で作り与えた言葉だった。

花嫁は遠くの、清らかな物言わぬ国で生まれた。花嫁には魂も情欲もなく、気まぐれも願望もなかった。

花嫁は何も入っていない清らかな水差しだった。その中に太陽から生まれ出た世界の力が流れ込み、考えと魂と言葉を花嫁のために作った。花嫁は不思議な、でも素晴らしい言葉を話した。それはイワンにもわからない言葉だった。

カスピ海の花嫁は何かに魅せられた魔女のように歩き、花嫁が放つ魔力はすべてのものを包みこんだ、うっすらとたちこめる空気のように、霧の中の光のように、あるいは漂う花の香りのように。

ボリシェヴィキたちも一変した。みんなの重い大きな頭に、さまざまの物思いや暖かく優しい力が満々と満ちてきた。

「いったいこれは何ごとだ?」イワンは考えた。「考えと機械のほかは何もないはずなのに。花嫁の中にはいったいどんな秘密の力があって、僕らは花嫁なしではいられなくなっているんだろう?」

むだ話の嫌いなイワンは言わなかったし考えさえしなかったけれど、もしも花嫁がいなくなるようなことがあれば、自分から石にぶつかって頭を粉々に砕くだろう。

「花嫁を通して僕らは世界の声を聞く」イワンはひとり言を言った。「花嫁を通して僕らはあらゆるものと兄弟になれる、太陽とも、星たちとも。労働も、憎しみも、争いも不要になる。見渡すかぎり兄弟愛で満たされる……星々も獣《けもの》たちも、草も人間も、すべてのものが兄弟になる……」

カスピ海の花嫁はただそこに生きていて、太陽と星々の歌を聞き、その歌を口ずさんでいる、意味はわからないけれど奇跡のような魔の歌を。

「花嫁を僕の方に向かせよう。そして機械ではなく花嫁で、世界を制覇しよう……。花嫁は全世界にとってもひとりひとりの人間にとっても、最初の妹になるだろう。花嫁の力が何なのかをつきとめて、僕もその力を使えるようになろう。そうすれば世界に静けさと、考える力をもたらすことができる……。今はまず、花嫁と一緒にここを飛び出して、町へ行くことだ。町には本と、考えとがある」

その十六　スルジャが魅力あふれる村になり、イワンとカスピ海の花嫁が広い世界へ向かって大いなる放浪の旅にいでたつ章

イワンは胸の奥深くに思いを秘めた。

「僕は出て行こう。広い大地へ、大きな町へ」

一方スルジャ村では、村人全員が住むための大きな一軒の家ができあがろうとしていた。それは円いドーナツ形の家で、真ん中に庭が造られている。家の外周も同じように、ぐるりと庭が囲んでいる。だからどの部屋の窓も庭に面している。真上から見下ろすとこんな形になる。

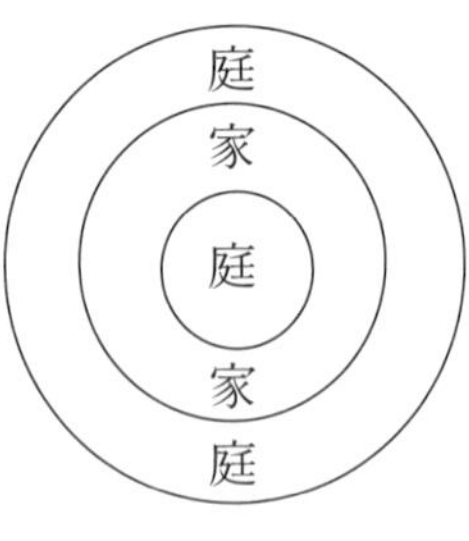

内側を一つの長い回廊が通って、全部の部屋をつないでいた。

家の中には見事な工夫がどっさり見られた。どの部屋にも屋根

に小さな換気装置があり、人いきれで汚れた空気がたえまなく吸い上げられる。部屋の下にも換気装置があって、庭から芳しい空気がふんだんに送り込まれてくる。部屋に誰もいないとき、装置は停止している。人が入って室温が少し上がると自然に回りだし、汚れた空気は追い出され、庭の新鮮な空気が流れこむ。

家全体の暖房を一台の炉だけでまかなっている。炉から出る熱い空気が、壁と壁の隙間を流れる。壁はすべて二重構造で、温風はそのあいだを通り抜けながら、まず壁を、それから建物全体を温めていく。

どこで何をどうやって焚いているのか、どこから暖気が来るのか、誰も気づかないようにできていた。どこにも何も見えないのに、温風は壁のあいだをむらなく流れ、庭から送りこまれる清潔な空気が温められる。

イワンは家を建てる前に、板材、丸太、背板、薄板など全部の木材を、特殊な液に浸《つ》けさせた。これはある特別な草の煮汁を罐《かま》で蒸留して作ったものだ。この液に浸すと、木材はすべて不燃材になった。これでボリシェヴィキたちは、火事の心配から解放された。

この家も、暖房も、不燃材のための液も、全部イワンの発明だ。

「あの若い奴の賢いことったら」今ではしっかり分別のついた放浪民たちは噂した。「カスピ海の花嫁をやったって足らんくらいだ」

スルジャ村はもうない。あるのは一軒の奇跡のような家。そのかたわらにもう一軒、少し小さめだがそっくり同じ家が、家畜のために建てられた。換気装置も庭も暖房も、全部同じにできている。家畜たちは人間と同じように、並外れて清潔に、健康的に暮らしていた。おかげでみんな温和で賢く、人間に負けないくらい熱心に働いた。

馬と牛の暮らしをそっくり人間と同じにできないだろうか——イワンはもうそんな思案を始めていた。同じ一つの家に住み、みんな一体になって暮らすこと。いたわり合い、素朴に、幸せで深みのある暮らしを共にすること。

でもこれは今しばらく待つことにした。

放浪民たちがどうものってこないのだ。

「馬は分別もあるし身体にも品格がある、牝牛《め》と牡牛《お》もまあまあだ、けど山羊どもときたら鬼の白目より始末が悪いや、臭いったらないぜ」

「そんならしばらく待とう。僕は家をもっと改良するよ、みんなが一緒に住めるように。これからは獣と人間の区別はなくなるんだ、心身共に近しい、ほんものの仲間になるんだ。いいかい、獣たちは僕らと同じポリシェヴィキなんだよ、人間がしゃべれと言わないから黙っているだけなんだ。もうすぐ獣たちが言葉を話し、礼儀をわきまえ、分別を持つ時がやってくる……。それは僕たち次第なんだ。僕たち人間は、生きとし生けるもの、動くものをみんな、人間にしてやる義務がある、なぜって人間は何世紀も前に、つらい労働を獣たちに押しつけて自分たちだけ獣であることをやめたんだ。それは食糧が不足していたからだった。でもいまや食糧はすべての者に足りている、獣たちを解放して、人間と一体にすることができる……」

放浪民たちは息をのんで聞き入った。

「なるほど、こりゃえらいことだ……」

大きな頭に血が駆けめぐり血管が膨らみ、イワンは我を忘れて語った。目は深く落ちくぼみ、黒い隈に囲まれてらんらんと燃えていた。

「たいした頭だ、これこそ本物の魂だ」ボリシェヴィキたちは口々に言った。

カスピ海の花嫁も聞き入った。花嫁の胸はゆらゆらと揺れ、瞳はきらきらと輝き、世にも稀な未知の花のよう。髪は波うち腰まで落ちる流れのよう。誰の心も満ち足りながら、同時に不安におののいた。まるで今、地球ではない違う星にいて、どこから来たのか、何をどうしたいのか、忘れてしまったかのように。

その夜、イワンは干し草の上に横たわったまま眠れなかった。

家畜たちの家で牝牛が一頭、身の毛のよだつような声をあげていた、牝牛の魂は今二つに割れようとしていた——子牛が生まれるところだった。

聞きながらイワンの頭は冴えていた。

朝方、腹から子牛を出し終えて、牝牛は静かになった。イワンの頭も落ち着いて眠りに落ちた。

昼になってイワンが目を覚ますと、家の中には誰もいなかった。みんなジャガイモ掘りに出払っている。

イワンは家を見わたした。

「僕らの村を『花嫁村《ニェヴェースタ》』と名づけよう。スルジャなんて陰気な名前だ。暗い秋と長雨と飢饉ばかりを思い出す」

イワンは白墨で壁に書きつけた。「地上の新たなる民族、ボリシェヴィキの民によって築かれたる花嫁村」。

イワンはそこにあるすべてのものをくまなく見やった。

「僕の思うことが残らず実現していたら、大渦巻きと滝になってただろうな」

仲間たちは日暮れ前に帰ってきた。お腹を満たすと死んだように眠りこんだ。イワンはひとりひとりを見て回った。

「兄弟たち、あとは君たちに任せるよ。もう滅ぶことはない……」

イワンはカスピ海の花嫁のそばへ行った。花嫁は眠っていなかった。

「僕と一緒に出かけよう。僕は君に何もしない、僕は君を世界じゅうの人に見せるんだ。大地のすべてが目を覚まし、誰もが何かをしようとしている。僕の知らない何かを……」

花嫁は起き上がり、イワンと一緒に家を出た。

二人は家をあとにして草原を歩き始めた。暗闇へ、深夜へ、ざわめきさえ聞こえてこない遠い彼方の町々へ向かって。

その十七　ミラ・リキアの奇蹟の聖者と呼ばれるさすらい人に出会い、焼けるような刺激臭を嗅ぎ、エレクトロ液を塗ったタイヤを目にする章

イワンとカスピ海の花嫁は今にも力が尽きそうだった。それもそのはず、五日間ぶっ通しに疾風のような速さで歩きに歩き、花嫁村と名づけたスルジャははるか彼方に飛び去った。道すがらいろんな生き物が姿を見せ始めた。馬、百姓たち、自転車をこぐ者たち。どうやら町が近いらしい。

行く手に何かの煙突が見えて、誰かが泣きわめく恐ろしい声が止み間なしに聞こえている、でも声の主は見えない。

イワンと花嫁の目の前に、さすらい人のような人物が現われた。風貌はまるで神さまのよ

う、でも顎《あご》は落ち着きなく動いて何かもぐもぐ嚙んでいる。片方の目は溶けて流れ落ちていて、ひとつしかない目には知恵と悲しみが満ちている。

手に杖もなく肩に袋もかつがず、ちょいとお客にでも行くかのよう。着いた先でご馳走になり、身体を洗って休むつもりの人みたいだ。

「子供たち、どこに急いで行くのかな」とその人が聞いた。

「僕たちは町に」とイワンは答えた。「おじいさんはどこへ?」

「わしかね? べつだんどこにも急いでおらん……。何処《いずこ》で見つけ何処《いずこ》で失くすか人は知らず、と言うではないか。なにを急ぐことがある? あちらで見つかるかもしれず、こちらで見つかるかもしれず。のんびり歩くことじゃ、なんなら坐ってもよい。いずれにしても同じこと……」

「うわ、この臭《にお》い、いったい何?」とイワンが聞いた。

さすらい人はじっと空を見上げた。

「これかね? これはラジウムが飛んでおるのだ、間違いない……」

さすらい人はちょっと鼻腔を狭《せば》めて、ズズっと空気を吸い込んだ。鼻の穴には小虫やら夜中にたまった鼻汁やらがぎっしり詰まっていた。

「息を焼きながら飛んでおる」

「ラジウムってなんなの？」未知のものに胸をときめかせてイワンは聞いた。

「そういう機械だよ。焼け焦げた苦い言葉を空中に飛ばしておる」

「ならちょっと聞いてみようよ！」

「ところが聞こえるようにはできておらん。わしはなんべんも試してみたがな。焦げた臭いがするだけじゃ。目に当たるとじんじんするぞ……。どうじゃ、感じるか」

「うん」とイワンが答えた。「これだな、たぶん」

「あっ、あれは？　あれは何？」イワンはぎょっとして叫び、前方を指さした。なんと、去勢豚そっくりの人間が、ゆっくりと自転車をこいでいく。毛むくじゃらで、汗をぽたぽたたらしている。

「あれはチャリンコといってな。なかなか悪くない物で、町にはいくらでもある……」ミラ・リキアの奇蹟の聖者は答えた（それがさすらい人の名前だった）。

「どうしてひとりでに動くの？」

「チャリンコのことかね？　あれは車輪にエレクトロ液を塗ってあってな……」

石から響いてくるような誰かの鈍く単調で野太い歌声が、町が近くなるにつれて大きく聞こえてきた。

町に入った。町境にはそう大きくない家が立ち並んでいた。

ミラ・リキアの奇蹟の聖者は、イワンとカスピ海の花嫁から遅れがちになった。

「おまえたちはまっすぐ行くがいい、わしは右を向くとしよう。どこに行こうと同じこと、何処《いずこ》で何を見つけるか、何処《いずこ》で失くすか、人は知らず」

行く手に一軒の家があった。鉄の看板が下がっていて、そこに文字が描かれている。イワンはひと文字ひと文字読んでいった。

マダム・トトーシキナ
マニキュア、ペディキュアいたします
おしゃれ娘の上着もあります
幸せ者にはなんでもあります

イワンはあっけにとられた。何もかもちんぷんかんぷん、だから不気味で恐ろしい。看板の下の窓が開いていて、長靴職人が窓から唾を飛ばしながら、ひとり言でいろんな言葉を順番につぶやいていた。

「けだもの野郎、けだもの相手のオカマ野郎、芸術至上、タール醸造、イルミネーション、明礬《みょうばん》漬けろ、指は汚すな、薄い金箔、けだもの野郎、芸術至上……おいワーシカ、しっかりせい！」

しばらく聞き入っていたイワンと花嫁は先に進むことにした。

その十八　特に重要ではないが、でもやっぱり役に立つ章

「喉がからからよ」カスピ海の花嫁が訴えた。「もう歩けない」

「僕はシラミで参ったよ。どこかの小屋に寄らなくちゃ。君は水を飲んで、僕はシャツのシラミ退治だ」

最初に見つけた扉を叩くと、年とったお婆さんが出てきた。

「なんだね、そんなにドンドンと？　もっと静かに叩くもんだ……」

「あ、僕たちついうっかり……」

「ふん、まあ、入ったらどうだい。晩の礼拝《ストイヤーニエ》*に来たわけじゃないだろ、何を突っ立ってるのさ……」

イワンと花嫁は入り口の土間と物置みたいな所を通り抜け、大きな部屋に入った。床一面

*原注　十二の福音が読まれる春の徹夜禱。短い半外套にくるまった年寄りのお婆さんたちがずっと立ち続ける。

に人が眠っている。まるで川掘り作業でもしてきたみたいに正体もなく、気持ちよさそうに熟睡していた。

「どうしたの、この人たち？」イワンはお婆さんに訊ねた。

「疲れて眠ってるのさ」

「どうしてそんなに疲れたの？」

「どうしてどうしてってうるさいね？　おまえさんに関係ないだろ？　しつこい人だね！」

イワンと花嫁はテーブルの上にある小さな壺から少しばかり水を飲んだ。

寝ている連中は大いびきをかき、眠ったまま蝿をもぐもぐ嚙んでいた。

イワンはたちまちひどい眠気に襲われた。

イワンは部屋を見まわした。別の部屋に通じているらしい扉があって、その上に小さなプレートがかかっていた。イワンはやっとのことで「個体別人間改造工学実験研究所」という文字を読みとり、大あくびをひとつすると、花嫁の手をとって長椅子に横になり、たちまち正体不明の眠りに落ちた。

その十九　頑強な身体の製造工場

どのくらい経ったただろう――イワンは目を覚ました。どこかの部屋に、イワンはひとりきり。大きな二つの窓、その向こうにさわやかな夕闇。穏やかで静かなこと、まるでスルジャ村のよう。

誰かが部屋に入ってきた。やせぎすで、緊張と苛立ちの塊みたいな奴だ。不安そうに神経を張りつめ、気むずかし気で、目に見えない重い荷物を引きずってでもいるかのように、苦しそうに喉からしゃがれ声を出した。

「君は誰だ?」とイワンは聞いた。「花嫁はどこにいる?」

「僕は〈頑丈な人〉という者だ」男は簡潔に、毅然とした態度で答えた。「君に一、二、三、状況の本質を説明するために来た」

男は作りつけの長椅子に腰を下ろしてベッドに向き合い、必要な言葉だけを算術の四則計算みたいな調子で放ち始めた。

「僕は二階にいた、レンガ造りの部屋に。君は娘と歩いていた、髪の長い、頑丈で純潔な身体つきの娘と。僕は思索中だった、君と娘は思考の流れを中断させた。僕は君たちを実験用に拉致《らち》することに決めた。だが君らは自分の方から扉を叩いた。そこで下の者に、小口修理の際の服用量を君らに飲ませるよう指示した、つまり四十時間の睡眠をもたらす量だ」

〈頑丈な人〉は話を中断して眉をひそめた。その禿げかけて疲れきった頭は、どれほど多くの悲しみと罪にまみれてきただろう。イワンは黙ったまま、こんなに恐ろしくて度肝を抜くような人たちがいるなんて、町ってなんてすごい所だ、と感心した。高い木のてっぺんから下を見おろすときみたいに、ぞっとするけど心が躍る。

〈頑丈な人〉はただだれて目やにだらけの目をこすり、ふたたび話しだした。

「君は僕の見るところ頑強で、世界に抵抗して闘う力があるように思う。だが、君は自由だ。尻尾を巻いて悪魔どものもとに退散するも勝手だ。その気があれば、しばらく生きて試みるがいい。その気がないなら失せてくれ、屍《しかばね》の肉は願い下げだ。今や人類はことごとく屍肉《し》となり果てた……」

〈頑丈な人〉は憤りと激情にかられ、握り拳を長椅子にぐいと押し当て、ついと立ち上がると出て行った。

だがすぐさま戻ってきてイワンに本を一冊ほうり投げ、そのあとすっかり姿を消した。

イワンは本を開いて読み始めた。

『新しい人間の建設について。

文明とは人間社会の物質面での秩序——言い換えれば、機械や飼育動物など物質[*1]を組織し、有用植物を栽培し、穀物・衣類・住居を合理的に分配し、成長や才能発展の機会を各人に提供すること、等々であり、あらゆる文明は、純潔（たとえ不完全であっても）によってもたらされる。純潔とは何か。それは、人体が有するかの強大な力——子孫の生産に費やされる力を、消費することなく保持し、それを労働力と発明の才能、今すでにある物を改良し無い物を創造する能力に転化することである。

文明とは純潔である。女性との関係においては貧弱の極みだが、豊潤な思考の集積であり、過去・未来を通じて自然界には存在しないものを創出しようとする、勤労と発明への目が眩《くら》むような渇望である。

凶暴なる自然力、すなわち自然の大惨事、旱魃、洪水、細菌の襲来、電磁界[*2]の目に見えぬ影響などによって、人間は労働や闘争、地上での大移動や人間同士の戦争を、否応なく身につけてきた。

一つの戦争が終わるか、食料獲得のための大地との闘いが一段落したとき、人々は女たちの待つ家に帰ってきたが、出ていったときとはもはや別人となっていた。はるかに純潔になり、妻とひとつ家に暮らしながらも共に寝ることは以前より少なく、土はより深く耕した。より丈夫で高い家を建て、よりひんぱんに思索し、より鋭くものを見、より優れた発明をし、

＊1原注　物質——鉄、木、布、石炭、その他存在するすべてのもの。
＊2原注　電磁界——電気、電磁波の作用する圏内。我々はまもなく、宇宙全体が電磁界であることを知るだろう。

より巧みに道具や家畜を扱った。

しかしながら今日まで、地上のあらゆる文明を担ってきたのは、ほんの少し純潔な人間たちに過ぎなかった。

今や、完全に純潔な人間の時代が訪れた。人間は偉大な文明を築き、地球と他の星々を制するであろう。目に見えるもの見えないもの、万物を人間と結合させ人間にし、そしてついには時間と永遠とを力に変えて、地球をも、時間そのものをも超えて生きるであろう。

そのために――人間に純潔を植え付け、成長させ、発明の才を開花させるために、私は人間改造工学〈アントロポテクニカ〉*という科学の基礎を築いた。

新しき文明の創造者たちよ、共産主義の担い手たちよ、資本主義や宇宙の自然力を相手に闘う闘士たちよ、闘いを前に、烈火のごとき激務を前に一致団結せよ。永遠の力と若さの泉、すなわち純潔の泉から命の水を飲め。それ以外に勝利への道はない。

純潔の力によってみずからを変革し、まず自己を克服せよ、やがて世界を変革せんがために……』

イワンはひたすら読みふけった。心は激しく揺さぶられ、みずからさすらい人となって、いくつもの町、いくつもの国、緑なす庭に覆われた星々、疲れと死に直面する砂漠を、さまよい歩いた。

町に、野に、スルジャ村に、蒸《む》れた息吹につつまれた大地のすべてに、息づかいさえ絶えて沈黙した夜が、世界の開闢《かいびゃく》以来変わらない歩みを進めていた。

その二十　イワンがカスピ海の花嫁と一緒に不死の肉体を造る工場を見学し、電気が死に勝利したのを目にする章

翌朝イワンは、眠り薬入りの水を飲ませた例の老婆から、〈頑丈な人〉が気の狂った学者であること、老婆にはそれは良くしてくれる、優しい人物だということを聞かされた。この家は町の一番はずれにあって、学者はここにさまざまの病人だけでなく健常者をもおびきよせ、誰に対しても同じように治療している。学者自身の頭はおかしいのかもしれないが、病人たちを治してまともにしてやっている。何の文句があろうか。

「怖がることはなんにもないよ」と老婆は話を締めくくった。「おまえさんに悪いことなぞなさるはずがない。ともかく情の深いお人だから。わたしゃなんの不満もない。どんなに良

＊原注　「人間建設術」を意味する。「アントロポス」とはギリシャ語で「人間」のこと。

いお人だか、そりゃもう、ねえあんた……。ああ、ほんに、ほんに！」

カスピ海の花嫁が退屈して自分の方からイワンを探しに来た。

「ここを出ましょう」と花嫁は言った。「ここはなんだか不気味だわ。スルジャの家に帰りましょう。あたし、さびしくて……」

「ちょっとだけ待とう……。あの学者、僕らのコンドラーチイにそっくりだ。ちょっと覗いて、それから出かけよう、たいした手間じゃないよ……」

二人は庭に出た。深い木立、灌木の繁み、香りの強い花々や水色の草が生い茂っていた。

地面に腰を下ろしたとたん、〈頑丈な人〉が現われた。ぶつぶつひとり言をつぶやきながら歩いてくる。すぐそばまで来た。

「やあ、君たちここの住人なの……。おいで、僕の工場を見せてあげよう。それから食事にしよう……」

三人でゆっくり歩きだした。

「僕は」と〈頑丈な人〉は話しだした。「ここに工場を二つ持っていてね。一つでは頑丈な肉体、もう一つでは不死の肉体を造っている。頑丈な肉体っていうのは純潔によって造られ、体内の凄まじい生殖力が解放されて発明の能力に転化している。

でもそれだけのことだ。こいつは小規模で、補助的な工場に過ぎない……。だが不死の肉体の方は、この頑丈で純潔な肉体から、電気を利用して造るんだ。まず実際に見てもらおう、説明はそのあとだ……」

三人は屋内に入り、長い廊下を歩きだした。いたるところに木や花を植えた小さな桶が置かれ、しんと静まり返っていた。どの部屋にも鍵が掛かっていて、何かじんじんいう単調な物音が、執拗に響いていた。

「あのうなってるのは何？」イワンは学者に訊ねた。

「電磁波が空気をろ過して、殺菌しているんだよ」と学者は答えた。「不死の人間たちは今食事をしているところだ、ほら、あのはしっこの部屋で」

「どうしてみんな不死なの？　君はいったい何をやったの？　どうして死なないんだい？」

「まあ見てごらん」

不死の人間たちが食事をしている部屋に入った。男三人、女二人の計五人がいて、牛脂入りの黒い粥《カーシャ》をスプーンで口に入れていた。紺色の緩めの上っ張りを着て、すわってピチャピチャ食っていた。

「うわ、なんて格好だ！」とイワンが言った。

「ばかだな、君」と〈頑丈な人〉が応じた。「本質は見かけには関係ない。彼らは不死で健康で、ラクダみたいに耐久力がある……。今腹いっぱい食っている食事にせよ呼吸している空気にせよ、病原菌[*1]はまったく含まれていない。さまざまな周波数と波長からなる電磁場によってすべて殺菌されている。わかるかね？」

不死の人間たちは食べ終わると立ち上がり、ひとしきりうなったりがやがや喋ったりしてから、隣にある大きな部屋に向かった。部屋は天井がガラス張り、床は音のしないゴム張りで、壁は低く、赤い銅でできていた。そこは機械工場で、不死の人間たちはここで学者の機器類を修理したり組み立てたりしていた。工場じゅうに大きな工作機械や、高性能の精密機器や、得体の知れない細かい器具類が並んでいた。

不死の人間たちはえさに飛びつく獣のように仕事に取りかかった。何台もの工作機械がうなりだし、猛り狂い、滑車とフライホイールがはじけんばかりの高速で回りだした。一台の小さな切削《せっさく》盤が金切り声を上げ、火花を散らし、言葉こそ出さないが土台の上で跳ね上がり、身もだえし、最強の硬度を持つ新素材の合金に喰らいつき、かじり、必要な形状に加工していった。駆動ベルトは切削盤をがんがん駆り立て、堪えろ、働け、音《ね》を上げるな、と息をつく間も与えなかった。

不死で頑丈な人々は、一つの部品を別の部品にかっちりとはめ合わせ、永久にずれないように固定した。自分たちで判断してどんどん仕事を進めていった。

イワンは不意に、四千匹の蝿が皮膚にとまったような感覚に襲われた。

「電磁場をまるまる一式[*2]ここに流したんだ」と学者が言った。「なあに、慣れさえすれば平気だ。大丈夫、君はじき慣れる……」

「めちゃくちゃにじんじんくる、たまんない」とイワンが訴えた。「死ぬほど掻いても足りないよ」

花嫁の肌もびりびりむけた。繊細な身体だからそのひどいこと。

「こんな風に、一生のあいだ常に複合的な電磁界[*3]の中で暮らすから、彼らは死ぬことがないのだ」学者はイワンに説明した。「死ぬことがないのはどうして？　なぜ？」とイワンは聞いた。

「疲労や怒り、悲しみ、病、眠り、死など、生きる障害となるものはすべて、それぞれ固有の細菌からできていて、それが体内で一瞬のうちに増殖して全身を冒すんだ。人間の身体はこれらの細菌と壮絶に闘い、これらに抵抗する特殊な善い細菌を体内に繁殖させている。だがついには死をもたらす細菌どもが勝ち、人は倒れて死んでゆく。僕は考えに考えた挙句、特殊な電磁波の集合体を作った。集合体を構成する電磁波がそれぞれ、病因となる細菌のど

＊1原注　病原菌とは、人間の身体を徐々に破壊して死に到らせる、目に見えないシラミのこと。
＊2原注　この場合一式とは、さまざまな電磁場の総和、集合、塊を意味する。
＊3原注　電磁界についてはすでに説明済み。

れか一種類を殺すようにしたんだ。ある電磁波はチフス菌を殺し、別の電磁波は疲労原因となる菌を、三つ目は神経や脳を冒す菌、四つ目は食べ物の滓《かす》が腐敗してできる腸内菌を殺す、という具合だ。

死をもたらすさまざまの細菌は、僕が電磁波の束を一式流してやると全滅する。電磁波のひとつひとつが、死のもとになるシラミのどれか一種類を、完全に死滅させるからね。そうなればもう死を作るものはいない。つまり人間は永久に死ぬことがなくなるんだ。

その結果、これまで体内で死をもたらす細菌と闘ってきた力は自由になり、人間は想像を絶するほどの身体的力と思考力を開花させる。労働で消耗した体力は、ほんの少しのパンで回復する。

人間の身体に死と病気をもたらす細菌をすべて全滅させるような複合的電磁場の中で生きること――これが不死なのだ。

君、全部呑み込めたかね？」

「電気はどうやってそのシラミたちを殺すんだ？　電気っていったい何だい？」

「それは僕にもわからない、それで悩んでいる」と学者は答えた。

「僕はここを出て、考え、方々歩いて、究明する。そして戻ってきて君に話す。それでどうだい？」

「いいだろう」と、〈頑丈な人〉と名乗る学者は言った。「だが君は、すぐには戻ってこないだろう。なにしろ電気というのは宇宙の本質だから……。言い忘れていたが、ここの不死の人間たちは全く眠らない。ここにきてもう十年になる者がいるが、来た時はくたびれてよぼよぼの、今にも死にそうな爺さんだった」

イワンとカスピ海の花嫁が学者の家を出たとき、あたりはもう暮れかけていた。

電気がイワンを悩ませ始めた。どんな思索もどんな謎も、イワンの中ではすべて感情に変わり、心の悲しみや不安になるのだった。

その二十一　どうでもいい空騒ぎについての章

町。それはいったいなんだろう？

何千何万という人々がひたすら歩いていた、何か大事そうな用を抱えて歩きに歩き、疲れ果て、山の上で立ち止まった——いく筋かの川が静かに流れ、草原に夕暮れが迫っていた。人々は地面に腰を下ろし、袋を脇に置くとマーモットみたいに眠りに落ちた……。

起きた時、どこへ行こうとしていたのかを忘れていた、人々を旅へ駆り立てていた何かの不安は、眠りと共に消え失せていた。

人々は起き上がった、みんな生まれたての赤ん坊のように、だれも何も知らなかった。

空しい身体の欲求を満たすことに持てる体力を費やした。

腹から出すものを出し、みんな紙魚《しみ》みたいに増えていった。

イワンとカスピ海の花嫁は通りを歩きながら、町について考えた。大きい町、小さい町、町とはいったい何だろう。

一軒の高い家があり、中で音楽が響いていた。イワンは足を止めた、心臓が止まりそうだった。こんなに美しく泣き、切なげに訴えているのは誰だろう？　いったい誰の声だろう？もし空の星々が喋りだすなら、こんな言葉にちがいない。

歌というのは、狭い所に閉じ込められた魂だ。

イワンはこんな歌を聞いたことがなかった。なにかこの世になかったような事をやってのけたくなった。自分自身が高らかに歌いたくなった、誰もがすべてを抛《ほう》り出し、仕事も妻も全財産も打ち捨てて、駆けつけずにはいられないような歌を。飲んだり食べたりすることも子孫を殖やす行為も、殴り合うことも忘れ、ただ聞き惚れてしまう歌を。

イワンとカスピ海の花嫁はじっとその場にたたずんでいたが、やがて先へと歩き始めた。

もう夕闇が迫っている。街灯が点《とも》り始めたが、その灯りからは煤《すす》が出なかった。

そこらじゅうで人々が押し合い、何か強い力で、前に後ろに駆り立てられている。

馬車が舗道を疾駆していき、太った大男がひとり、どこかの家の、普通なら盛り土《つち》がある場所にしゃがみ込み、イチゴをむしゃむしゃ食いながら、美味《うま》そうに喉を鳴らし唇をピチャピチャいわせている。

イワンはその隣の、それほど大きくも立派でもない家の戸を叩いた。戸を開けたのはうら若い、かぐわしい草の香りのする女の人だった。

「いらっしゃい、なんのご用?」

「泊めてもらえませんか?」

「泊めて、ですって? ……あなた方、泊まるところがないの? あたしじゃわからないわ……。もうじき父さんが帰ってくるの……。待ってらっしゃいよ。こちらに入って」

イワンと花嫁は家の中に入り、ふわふわの長椅子に腰掛けた。まわりじゅう家具や、得体の知れない、誰にも要らない物だらけだ。

女の人だと思ったのはまだ少女で、すわって本を読み出した。イワンは訊ねた。

「何を読んでるの?」

「レールモントフの詩。あなたは読んだ?」

「ううん」とイワンは答えた。「ちょっと見せて」

ぱらぱらページをめくり、こんな一節を読み取った。

大空を　あともとどめず流れゆく
とらえようのない雲たちの群れ
糸屑のように漂いゆく群れ

イワンは立ち上がって姿勢を正し、読み始めた。やがて腰を下ろし、涙に濡れた眼差しであたりを見まわし、本を返した。

少女の父親が帰ってきた。長靴を履いた百姓風の男だ。

「こりゃいったい、どこのけちどもの寄り合いだ？　おまえさんたち、なんの用だい？」

「僕たち、泊めてもらおうかと」とイワンが言った。

「泊めてもらおう、だと！　宿屋だってのかい、うちは？　いったいどこの馬の骨だ？」

「僕ら、スルジヤ村の者です」

少女が父親のそばに来た。

「泊めてあげましょうよ、パパ。この人たち、良い人よ」

「何かなくなったらおまえが責任を取るってのか？　このかぼちゃ頭、気でも狂ったのかい、ええ？　うちをシラミだらけにする気か？」

ようやく父親も折れた。

「ふん、玄関先にでも寝るがいい、わしの目に入ったら承知せんぞ」

厚い雲の立ちこめる夜だった。音ひとつなく、漆黒の闇に包まれていた。イワンとカスピ海の花嫁は、馬に掛ける布を敷いて並んで横になった。花嫁は眠り、イワンはうとうとまどろんだ。部屋の中から主人の声が、静かに、ぽつりぽつりと落ちる水滴のように聞こえてきた。イワンは耳を済ませた。少女の父親が読んでいる。時計の音がカチカチ響き、言葉がしたたり落ちている。


《大地とそこに棲息するものどもの魂について。

ヨハン・ププコフ作

おまえは生きた、がつがつ食らい貪欲だった、だが知恵は雀の涙ほどしかなかった。妻を娶《めと》り、肉体を使い果たした。赤ん坊が生まれた、明るく輝き、真っ裸で、荒れすさぶ秋の日の小さな草のような子だ。風は地上をはためき揺らし、虫けらが地中を這い、寒気が歯ぎしりする中を、日はたちまちのうちに暮れていった。

赤ん坊は大きくなり、凶暴な世界の穢《けが》れと空しさに染まっていった。おまえは子供が愛《いと》おしく、子供の前にいる時は荒れる心も静まった。邪悪で獣《けだもの》のように荒くれた、破廉恥なおまえの心が、穏やかに和らぎ罪業はかき消えた。

子供は成長し、一人前の男になった。甘い暮らしに身をゆだね、偉大なもの、不可能なものには背を向けた。そのようなものを目指すなら、人間の純粋で真実な魂は力尽き斃《たお》れるばかりだろう。だが子供は男になり、女のもとへ去り、星となって輝くはずだった魂の力を、残らず女の中に注ぎこんだ。悪意に満ち、物を食らい繁殖するもの特有の知恵を身につけていった。その子を待ち望んでいた天空の星々にとって、子供は永久に滅び去った。星々は切なく別の子供を求め始めた。だが、別の子供はもっとたちが悪く心が狭かった——生まれてさえもこなかったのだ。

おまえも星と同様に切なく子供を思い、子供に奇跡を期待した、若き日に女に触れたために自分の中で滅び失われたものが、子供の中で実を結ぶことを願った。

おまえは齢《よわい》を重ね、死が次第に肉体を眠らせ、老いを深めつつある。この世に生まれ出る前そうだったように、おまえは再びただひとりとなり、心はどんな希望も知らず空白である……》

カチカチという時計の音が不意に途絶え、イワンは眠りに落ちて朝まで目覚めなかった。

その二十二　イワンがさまざまなへなちょこ野郎たちに出会う章

町の太陽は覇気がない、目がかすみ鼻風邪でもひいているような太陽だ。朝な朝なまばゆい金の砂粒を窓から叩きつけてくる、あの太陽とはまるで違う、煤や煙の分厚い雲が光線のゆくてを阻《はば》む。うす汚い禿げた光の斑点を敷石や屋根の上にときたま投げかけてはくるが、ぼやけて無愛想な斑点ばかり。イワンとカスピ海の花嫁を、朝が来たよ、と起こしてはくれなかった。

二人を起こしたのは、ドアの向こうの廊下から聞こえる、下卑た笑いとコソコソささやく声だった。

イワンは耳をそばだてた。戸の裏側で喋っている。

「へっへっへ、いい女といやがるぜ、へっへっ、可愛くてぽちゃぽちゃで涎《よだれ》が出らあ……」

「あのオッパイ、見なよ父ちゃん、あのオッパイ、ちっこい丸パン二つだよう……。あーあー、たまんないよう！」

「どけ、この餓鬼、いっぺんこっちに覗かせろ！」

「覗きなよ、父ちゃん！」

イワンは声に出してこう思った。

「なんてあきれたブタどもだ、いやらしいにもほどがある、親父に息子か」

すばやく飛び起きて、ドアを蹴り開けた。うめき声が響きわたった。

「うーん、うーん、ちっきしょう」

父親がおでこをさすっている。真っ赤なたんこぶができていた。

「このよぼよぼのヒヒじじい！」イワンはからからと笑った。「ドアの隙間から覗き見かい！町の人はみんなやるのか、それともおまえだけか？」

「みんなだよ、おじさん」父親の代わりに返事をしたのはなんと、十七から十九ぐらいのせいたかのっぽの若造だった。

「君たち町の人間は、女の人を女としか見ないのかい？　人間じゃないのか？」

「違うってか？　女なんざ安っぽい、知恵の浅い生きものだろうが……」

イワンは花嫁を見やった。花嫁はすっくと立って応えない。豊かな魂、誇り高く黙する心。

二人は通りに出た。

秋の太陽がありったけの力を地上に投げかけていた。大地は身じろぎし、地表に住むすべてのものが、すべての村や町が、一緒に身じろぎした。

人間はスイカと同じ、夜に育って昼に熟する。夜の間に体から疲れがすっかり蒸発し、穀物や野原や太陽のものだった生命を育む力が、胃から出て頭や心臓へ流れ込む。

イワンとカスピ海の花嫁は歩きに歩いた。お腹がぺこぺこになって、余分にお腹を揺すらないために、敷石の出っ張りの上に腰を下ろした。

ひとりの男が近寄ってきた。ひょろ長で痩せっぽちの、陰気くさいやつだ。花嫁の前にたたずむと、ひとり言のようにつぶやいた。

「これだ、命より大事なものは。命を生み出し、僕を命に繋ぎ止めているものは。ご婦人よ、君を目にしたからには、僕にはもう人生の意味などどうでもいい、真実の探求も求めない。僕は満足だ……。感謝するよ、君。健康で永遠に不滅でいてくれたまえ……」

男は深くお辞儀をするとそのまま先へ歩いて行った。

イワンはちょっとのあいだ頭をフル回転させると、男のあとを追いかけた。

「あの娘《こ》、お腹を空かせてるんだ……」

男は足を止めた。

「君はあの娘の何なんだい？」

「兄貴だよ」

男はポケットから紙幣のようなものを何枚か取り出し、小指から指輪をはずし、全部イワンの手のひらにぶちまけた。

「とってくれ、兄弟、僕は食べ物にも金儲けにも縁がない……。これ以上はもう何もない。地上に生まれた者はみな空しく右往左往する……」

イワンはカスピ海の花嫁の方に行きかけた。なんと、男も戻ってくる。

「虫けらでさえものを見、思考する。空しい塵の帝王である人間はいうまでもない。だから闘い、食べるがいい。だが殖えるなかれ、人間は地上に一人いればたくさんだ。何十億もいてなんになる？　……さあ僕と一緒に行こう。さもないと（と、花嫁を見つめて）君はさらわれる……」

「さらわれるって、誰に？」とイワンが聞いた。

「人間は、生きていけないほど自分の魂を怖れている。だから魂を女性の中に流し込む。女が美しければ魂は一気に全部出てしまう。たった一回交合すれば、魂はそっくり子種と一緒に流れ去る」

イワンはさっぱりわからない。

「一緒に行こう」と男はイワンに言った。「何もかも話してやるよ。僕以上に知っている者はいない」

三人は通りを歩きだし、通行人たちとすれ違った、通行人たちは誰ひとり、自滅に向かってあたふたと疾走している自分たちの狂気に気づいてはいなかった。

頭上に屋根を、身体に衣服を、腹の中にパンを得んがために、人々はあくせく働いていた。そして一日にたまったものを水っぽい塵芥《ちりあくた》に変えて、夜ごと女の身体の奥へ残らず注ぎ込むのだった。それで女を毒し、女の内なる土壌を干上がらせようとしていた、救いをもたらす未来は、その土壌からしか生まれないというのに。

その二十三　電磁波の大海にて

この上なく繊細にして軽い気体、塵《ちり》の中の塵である電気によって、宇宙の沈黙は破られた。この塵は集結し固まって物質になり、その他の万物を生み出した。

技師　バクラジャーノフ

陰気な男はイワンとカスピ海の花嫁を、静かな、横に長い平屋の家に連れてきた。

「ここが僕の住まいだよ……」

中に入った。大きくてひんやりしたいくつもの部屋に、がっしりした低い机が所狭しと並んでいて、机の上は容器や銅の機器類で埋まっている。

「僕は電気技師でね。電気の本質を研究してるんだ」

イワンは飛び上がった。自分が電気で草を湿らせたこと、学者が電気を使って不死の人間を造っていることを思い出した。

「なら君は、電気とは何か知ってるのか？」

「ああ、今は知っている」

「聞かせくれ、とことん、何もかも……」

技師は語り始めた。普通の人にわかるように簡単な言葉で、熱を込めて、心に深く沁み入るように語った。技師にとって知識は心で感じるもの、感情そのものだった。

「科学というのはいくつもあって、一つだけじゃない。学者と自称する人間もたくさんいる。でもそれはまっかな嘘だ、本当に知識のある者はほんの一握りしかいない。人は知識をまるで商品みたいに売り買いしている。そんな奴らがほとんどだ。かつて人は所有物や財産によってたがいに迫害しあっていたが、今は知識をその手段にしている。知識は財産か商品のように扱われ、持てる者が売買し、金持ちになっている。

しかしそんな奴らばかりじゃない。自分の知識を売り物にせず、さらに高め広めようとしている学者もいる。教えられた知識のレベルを越えることができなかったら、字が読めないよりもっと無知蒙昧ってことだからな……。

僕は、他人を奴隷化するような人間が永久にはびこり続ける世界を憎む。奴らは銃を奪われ工場を奪われると、今度は、人から手に入れた高度な、万物の基礎となる思想を武器に他人を迫害しようとする。その思想も、経済性の高い優れた労働手段も、奴らはまだ青二才だったころに金で買ったのさ、やっぱり他人を奴隷にしてのさばっていた親の金でだよ。僕はそんな奴らが憎い、命がけで奴らに戦いを挑む、そしてもちろん勝利する」

技師は悩み疲れ乾ききった顔に笑みを浮かべ、巻きタバコに火をつけた。

「僕は君に電気のことも話したかったんだ。電気はあまり単純過ぎて、かえって話すのが難しいんだよ、言葉っていうのは他人を巧みに操ったり騙《だま》したりするために作られたものだから、複雑なことにはいいが単純なことには向いていないんだ。

鉄、土、草、人間、粘土、その他あらゆる物は、科学の世界では原子と呼ばれる、目に見えない特殊な微粒子からできている。原子はこれ以上分割することのできないかけらだよ。原子が大量に集まって物質になるんだ。この原子というやつは常に動いていて、一箇所に静止していない。もし何ものも物質に触れず、なんの作用も及ぼさなければ、原子はお互いのまわりを滑らかに回っている。ところが現実にはそんなことはありえない。太陽や人間が絶えず物質をかき乱して、片時もじっとさせておかない。そのため原子は滑らかに漂っていた軌道を外れ、互いにぶつかり合い、つつきあい、表面が擦《こす》れ合って、そこから小さな塵《ちり》が飛び出す。原子自体がどんな砂粒より何百万分の一も小さいのに、外部の力で軌道を乱されるとさらに自分の中から塵を放出するんだ。原子から飛び出した塵は光よりも軽く、すさまじい速度で四方八方に飛び散る。これは停まることがなく、どんな物体をも通り抜け、存在する何ものよりも小さい。この原子の塵、それが電気なのだ。

君には理解できると思うけど、どうだい？」

イワンは身じろぎもせず聞き入っていた。軌道を回る原子、原子が衝突してとどろきわたる轟音、飛び散った塵が巻き起こす嵐のざわめきのほかは、イワンには何ひとつ見えず、聞こえなかった。

「光も同じくこの塵で、電気なのだ……。というわけで、原子から塵が飛び出し、原子は小さくなっていく。ついには完全に無くなるまでどんどん小さくなり、自分の放出する塵に変わるんだ。原子の塵は気が遠くなるほどの、想像もできないような空間と距離を飛ぶ。原子同士がぶつかった時の衝撃は、飛び出す塵の大きさに比べてそれほど巨大なんだ。この塵は最果ての星々よりもっと遠くへ、あらゆる可視的限界を越えた銀河のさらに先へ疾駆していき、最後の境界を越えたところでようやく勢いが弱まり、飛行速度が落ちる。するとそこに原子の塵の次の波が追いつき、塵と塵がくっつき合って凝結し、再び原子になり、原子から物質ができる。この物質は星に、天体になるが、なると同時に崩壊が始まり、原子の塵を、すなわち電磁波を放出し始める。それがまた宇宙の果てへと飛び去り、そこで再び無数の星々を生み出す。

宇宙ではこんな循環が繰り返されている。電気から物質が生まれ、その物質が電気によって死滅しては、次の瞬間に蘇《よみがえ》って違う色の光で輝き出す。だが、電子の塵すなわち電磁波を海にたとえれば、物質は非常に少ない、だからまばらに浮かぶ島のように、電磁界の深淵をぷかぷか漂っているんだ。この電磁界が、宇宙なんだ……」

イワンの思考力は全速力で進んでいた。心臓からいくら血液が送られても、脳には足りないくらいだった。

言葉は、思考を進めていく原動力だ。

その二十四　星々のルーン文字のもとで

我々作者が語るのは、未来を創造する人々、今、あまりに膨大な思索の重さに喘《あえ》いでいる人々のことだ。その人々こそが未来であり、未来へ突き進む推進力である。彼らは少数で、人目にとまることもない。もしかしたらいないのかもしれない。私たちが語るのはそんな人たちのことであり、女との情欲に溺れて自らの命の火を消し去り、魂を空っぽにしている者たちのことではない。

地球が反転し、朝になった。さっきまで夕べだったのに。

技師は目を覚まし、続きを語り始めた。

「原子を取り上げてみよう。これは目で捉えることはできない。何十億もの原子がひとかたまりに集まって、ようやく物質が形づくられるのだからね。その原子から衝突と崩壊によって飛び散る塵となると、これはもうどんな機器を使っても見分けられなくて、空っぽにしか見えない。星間空間は現在にいたるまでまだ研究されていない。空《から》の状態とか、エーテルとか言われている。

でも本当はそうじゃない。そこには既知の気体の中で最も軽い水素よりもさらに何百万分の一も軽い、想像もつかないほど希薄な気体がある。こいつの活性は凄まじくて、他のどんな気体も及ばない。これが電磁エネルギー、電磁界だ。これは崩壊する物質が放出する塵でできた靄《もや》なのだ。

塵は不揃いで、同じじゃない。原子もそうだが、大小さまざまで不均等だ。

これらの塵が何かにぶつかると、半分、三分の一、さらに何分の一かに割れる。この、物との衝突によって割れて出る塵は、電気よりさらに細かく、重さがなく、どんな手段でも感知できない気体になる。電気を原子から出る第一次の塵とすれば、こちらはさらにそれから出る第二次の塵だ。これが磁気エネルギーだよ。電気エネルギーと磁気エネルギーとはいつも同時に存在する。なぜなら、第一次の塵が渦巻いているところに、その気体の新たな波がもとの物質の中から出てきて、塵と塵とが衝突し、砕けて第二次の塵が出るわけだからね。原子の塵は、砕けるときに波全体から力を一部奪う。だから磁気エネルギーには、電気を減速させ静止させるはたらきがある……。

僕は今日、地球を離れるよ。ここじゃ僕のすることはない。機器はほぼ完成している」

「空の状態の中をどうやって飛び立つんだ?」とイワンが聞いた。「離陸するための支えが全然ないじゃないか」

「浮遊状態で漂い出るのさ、電気の中を飛び立つわけじゃない。電気は軽い気体だが、磁気エネルギーはもっと軽い。僕はこの磁気エネルギー、つまり塵のそのまた塵を充塡した弾丸を作った。これは星間空間の青い海よりもっと軽く、もっと空っぽだ。星間空間にあるのは電磁波だが、僕の弾丸の中は磁気エネルギーだけだからね。僕が作ったのは、いわば星と星の間を飛ぶ気球だ。今は鋼鉄のロープでやっとのことで繋ぎ止めてある。それくらい軽くて、上昇する勢いが強いんだ。行こう、まず現物を見てくれ……」

中庭に出て果樹園を通り抜け、もう一つの小さな中庭に入った。そこは木煉瓦《もくれんが》をびっしり積み上げた塀で囲まれていた。

カボチャみたいな変てこな形をした風船が地面の上に浮かび、空中で揺れている。細い針金を撚り合わせた二十本ほどの鋼鉄のロープで留められていた。

「君はどこへもぐりこむの？」とイワンが聞いた。

「中にちょっとした場所がある。そこに入るよ。どこにいようと同じこと。幸せは世界の空間で決まるわけじゃない……。よかったら一緒に発《た》とう。ただし僕は誰も必要としていない。発つなら君自身のためだ。君の彼女はここに残していくさ、あの娘が君の目を世界から遮《さえぎ》ったり、魂をまっ二つにぶった切ったりしないためにね。あの娘は滅びないよ。気体と同じように、捕らえがたく打ち負かせないタイプだ」

「いいだろう」とイワンは答えた。「風船に乗りな。食料はあるのか？」

「食料はある。実験室は閉めてきた方がいいかな？　それとももう戻らないだろうか、どう思う？」

「戻らないだろう。閉めなくたっていい。もう必要ないさ」

「よし、乗りこもう」

二人は盥《たらい》のような形の暗い場所に上から這いこみ、身体を丸め、入り口をボルトで締め始めた。薄いパッキングを挟んだたくさんの継ぎ手を、つぎつぎにがっちり締めつけていく。

鋼鉄のロープの端は、操縦室から出ないで切り離せるように、室内に引き込んであった。イワンはざくざく切り離し始めた。

カスピ海の花嫁はまだ技師の実験室で眠っていた。花嫁は今、広い世間にただひとり置き去りにされようとしている。そのまま人知れず滅ぶだろう。この世のすべてのものがそうであるように——記録ひとつ残されはしない、誰が生まれ、誰がいなくなろうとも。人と人はまだ互いに大切でなく、互いを必要としていない。

さらば、花嫁よ！　おまえの地上での旅路が短くなり、こよなく軽い喜びの気体で魂が満たされるように！　生まれたときが悪かったのだ。おまえには生まれるべき時は来ないだろう。おまえは、母の胎内に残ったまま生まれ出ない人類の一員だ。実を結びふくらんで人間となることのない、痩せてひ弱な種子なのだ。滅ぶしかなかったおまえの種子は、同じ運命にあるもう一つの種子と偶然にくっつき、人間になった。それは存在しない人間であり、もし存在したとしても奇しき力のゆえに人の目には見えないだろう。そしてだれにも知られることなく滅び去っていくだろう、山にぶつかって消える風のように。

イワンと技師は地上を離れ、はるか上空へ、星々の国へと漂い出た。

漆黒の闇と大いなる沈黙の中に、瞬くことのない巨大な瞳のような星々が浮かび、光の涙を流していた。

イワンは空全体を見渡したが、何もかもごく平凡で、これといった奇跡はどこにもなかった。磁気エネルギー入りの気球のあとを、星々がルーン文字を描きながら流れていた。電磁エネルギーの深淵が磁気エネルギーで満たされた気球を揺らし、気球の中では二人の人間が、大空間に新しい生存の場を求めてひたすら進んでいた、そこで強大な未知の力を発見し、それによって故郷の地球に変革をもたらすことを願って。

「僕たちは真っ直ぐ太陽に向かっている」と技師は言った。「僕の計算ではそのはずだ。太陽には宇宙の磁極があって、僕らの弾丸を引き寄せるからね。僕らは太陽に基地をおこう」

二人の真下の、はるか彼方の地上では、マルムィジ村のマカールが荷馬車を走らせていた。白山嶺《ベールィエ・ゴールィ》に向かっている。

「どーうどう、こら、痩せ馬、ちゃんと牽け！　ぐずぐずするな、ぱかぱか走れ！」

マカールは吹きさらしの無人の野原で荷馬車を進めながら喋っていた。

「おいらにゃパンが必要だ。でもいったい誰がくれる？　麦を三束、粉に挽いてきた。けど魂だって要る。こいつはどうやって作りゃいい？　創造主でもないのによう……。人はみんな生きてるさ、けどそれがどうだってんだ？　腹を満たして女の腹を揉むだけだ……。目標ってものはどこにある！　どこにも鼻くそほどもない！」

その二十五　ありとあらゆる予期せぬことでいっぱいの章

「退屈だぜ、同志技師くん」イワン・コプチコフは言った。「なんにもしないで空中をぶらつくのはうんざりだよ！……あとどのくらい飛ぶのさ？　僕たちそもそも飛んでるのかい？」

技師は何かの器械をのぞくと、さっと青ざめた。

「飛ぶことは飛んでいるが、方角が違う……」

「どういうことだい、同志技師くん？　君の器械が軌道から外れたのか？　ならいったい、どこへ飛んでるんだ？」

「わからん、とにかく太陽の方じゃない。見ろ」

イワンは小さな窓をのぞいた。向日葵《ひまわり》のように輝く太陽が、横の方に見える。

「そっちを見ろ！」

イワンはもう一つの窓を見た。ボールのような赤い球が空中に浮かんでいる。

「あれはなんだい？」

「僕らの地球だ。僕らは太陽からも地球からも遠ざかっている」

「なあるほど。つまり僕らは、天空ですっかり迷子になったってことかい、同志技師くん！　やってくれるぜ。死ぬまでこうやってどこにも着かないのか？」

「その可能性もある」

「そりゃお楽しみだ！」

「うーむ……」

地球と太陽は視界から消えた。窓をのぞいても見えない。すっかり暗くなり、時おり何か小さな点が、森の中の蛍みたいにあちこちで光っている……。

「あの光ってるのはなんだい？」

「惑星だよ。いろいろな地球だ」

「すごいや。あそこにライ麦や小麦を蒔いたらなあ、同志技師くん？　大きいのかい、そのいろいろな地球って？　僕らの地球より大きいかな？」

「何千倍かは大きい」

「へぇー。どれか一つ手に入れなくちゃあ、どうだ？」

「実現できるときも来る」

「ほんとに来るのか？」

「間違いない」

「で、今はどこにいるのさ？」

技師は灯りをつけた。

「惑星の一つが僕らを捉えて引っ張っている。君、列車の後ろから軽いごみ屑がいくつも飛んでいくのを見たことがないかね?」

「あるよ」

「そのごみ屑と同じ理屈で、僕らは今、列車ならぬ惑星の後ろを飛んでいるんだ、と言っても何百万分の一も小さいわけだがね。ただし僕らの列車は一瞬の間に何千キロというスピードで動いてる」

「たいした列車だ、飛ばすじゃないか? そいつに僕らの地球を牽《ひ》かせて太陽の近くへ運ばせたらなあ、冬を無くせるぞ。できるかな?」

「できるが、すぐじゃない」

「そうか。ならちょっと腹ごしらえだ」

ところが腹ごしらえする暇はなかった。突然、イワンの真正面で、窓に何やらまんまるいものが青く光りだした。

「同志技師くん、青い地球が窓に接近。確認願います」

まるい物はたちまち帽子ぐらいの大きさになり、一秒ごとにぐんぐん膨らんでいく。

技師はよろめいた。

「ああ、イワン、僕らは着いたぞ。もうちょっとで青色の地球に着陸だ。ただしいったいどんな地球か、生き物がいるかどうか、僕にはわからない。この星は科学で全く知られていない」

「科学じゃ全部の星が知られてるのかい？」

「ああ全部だ」

「でもこれは知られてないって？」

「そうだ」

「同志たちの科学はおそまつだなあ」

「そのとおり、科学はまだすべてをわかってはいない」

青い星が突然、どんどん赤くなりだし、やがてすっかり真っ赤になった。赤黒くなり、窓全体を覆いつくした。

「よし。さあ到着だ。あれが聞こえるか？」

「聞こえるよ、同志技師くん。どこかで鳥が鳴いているみたいだ」

「あれは鳥じゃない。何か別のものだ」

「いったいなんだ？」

「わからん。見てみよう。さあ、出よう」

「出よう、だって？　もう着陸したのか？」

「したとも！」

技師は扉のボルトをはずし始めた。

その二十六　そして闇となった

星の表面の地盤は固かった。空気は薄く、風の気配はない。住民は見あたらない――どうせ貧相で、栄養失調にちがいないが。

人間か百姓がいそうな痕跡は見られない。土地は耕されていないし、土ときたら旦那衆の馬衣《うまぎぬ》みたいに赤黒く、水気はなく乾ききっていて、虫けら一匹いそうにない。

「とんでもない世界だ！　これが創造主の仕事かい！」とイワンは言った。「褒める気にはなれないや。ここじゃシラミ一匹殖えないよ！」

「よく調査しないと」技師はぼうっとなって何か考え込んでいる。「どんな外面の現象にも何かの意味があるはずだ」

「そりゃそうだけど！　でもこりゃあんまり滅入《めい》っちまう、不気味すぎるよ。鉢合わせする奴もいなけりゃ、泣き言ひとつ聞こえない。こんなところは退散だ。住める場所じゃないよ」

二人は歩きだした。気が塞ぐような赤黒い土ばかり、ひとかけらの黒土もない。延々と長い時間歩いた。

見ると何やらいかがわしい奴が、二人の方に動いてくる。身体には一糸まとわず、肩の上に頭もない、ただ何やら貧相なものが地面を這い、呼吸している。

「止まれ！」とイワンが叫んだ。「おまえは何者だ、ここはいったい、天空全体のどこなんだ？」

突然、実に明瞭なロシア語で、ボリシェヴィキらしい口調で、動く物体は身体の奥から声を発した。

「同志たちよ、ここは天国だ。パーシェンキノという場所だ」

「おまえ、どうしてそんなに変ちくりんなんだ？　全身ぼろ屑みたいでさ、木偶《でく》の坊って面《つら》してさ。どうやってここにしゃしゃり出てきた？」

「我々は地球で生まれ、ここで変貌を遂げたのだ……。かの地球ではかなり前から奇跡が行われている。偉大な人々が人知れず事を進めていて、ひとりずつ、みずからの機械に乗って地球から消えているのだ。我々も然り、そのようにしてここに来た。上空で行方不明になった仲間も一人いる。我々はここに天国を組織した……」

「天国だと、こんな所が？　経済的前提条件は確かなのか？」

「天国とは至福の状態。食べることと性交と、あらゆる力の均衡」

「僕らを天国に案内しな」とイワン。「正気に返らせてくれよ。こんなろくでもない所に天国を組織したって、この赤黒い地盤にかい」

歩きだした。道程は遠からず、地表の様子はいずこも同じだった。

突然、赤黒い粘土でできた四塔の望楼が現れ、さすらい人たちを照らすようにそのてっぺんが光りだした。そこから芳香のようにここちよい、敬虔な歌声が響きわたった。

「あそこでうなってんのは誰だ？」

「花開いてゆく魂だよ、愛し、永遠の伴侶と性交し、死ぬことを運命付けられている」

「どこに行っても愛かい」とイワンは言った。「地上も天も変わらないや。愛にふけらないところ、思索するところ、愛なんざ狼みたいに一網打尽にやっつけるところはどこにもない。歌なら『愛との闘い』しか歌わないってところはさ。愛、愛って愛ばっかりだ！　この疥癬《かいせん》かきめ、シミにでも食われりゃいいんだ。腹ぺこのメス犬野郎……。お前たち、誰を愛してるってのさ？」

「目に見えるすべてのものを」土の表面をぐらぐら揺れて這いずりながら、生き物が答えた。

「じゃ、何が見えるんだ？」

「我々は見るのではなく感じるのだ、宇宙の自然力に惹き寄せられる温かい肉体のすべてを。抱擁によって触れ、魂を出し尽くすのだ」

「おまえの魂ってなんだい？」

「不安におののく余分な力。平穏で幸せになるにはそれを他人の中に流し込まねばならない。魂とは災いだよ……。我らが天国では魂は撲滅される、だから天国なのだ」

「奇妙きてれつだな。さあ、その天国とやらを見せろ」

望楼の一つに入った。同じようなみすぼらしい生き物がいくつかぺたぺた並んで、ピーピー哀れっぽい声を出している。

「おまえたち、みんな前は人間だったのか？」と、イワンが聞く。

「人間だったとも、もちろん！」生き物が答えた。

「こうまで変わり果てるとは！　ほんとにみんな、ここがいいのか？」

「このうえない。平穏で安泰だ」

「やめろよ、このかかし野郎！　おまえら、繁殖もするのか？」

「我々は不死なのだ」

「この惑星には、ほかに誰がいる？」

「この先の荒野に誰かいる。でも我々の所には来ないし、我々が行くこともない。我々は天国にいるのだからね」

イワンは天国の生き物に触れてみた。水っぽくじとじとしている。

イワンは思った。「こいつに一発、ごつんとお見舞いしてやれ。どうせ星を汚してるだけだ。何が天国だ、これが腹黒い奴らなら、まだ一目おいてやってもいいが、有り難がりやの阿呆でどうしようもない屑だ」イワンは拳で生き物のど真ん中をどやしつけた。

生き物は不意に小声でささやいた。

「私は痛くない、私は愛しているし天国にいるからだ。宇宙が光り輝く覆いで私をすっぽりと包み、私の魂を守っている……。私ができることはただ、おまえへの愛ゆえに消え去ることだけだ、もしもおまえがそれを望むというならば……」

「なら消えな！」イワンは大喜び。

突然、どこへどう消えたのか、生き物は本当にいなくなった。

先へ歩きだした。四対の同じような生き物に出会い、同じく消えるように言いつけた。やはりみんないなくなった。

「あーあせいせいした！」とイワンが言った。「さあちょっと歩こうや。何かもっとまともなものが見つかるかもしれないよ……。あいつら、どうやってこの望楼を作ったのかな？人間は星々をほっといちゃいけない。まったくひどい汚されようだ。地球から眺めると高い空に清らかに光っていて、正しい軌道を動いてるように見えるのに。天国を組織されたとは、なんてことだ……」

惑星の表面を長い間歩き続けた。赤黒い土を食べ、乾いた糞便を排泄した。病気になりそうだ。巨大な山に行き着いた。見上げると、こちらに向かって下ってくる者がいる。年を食った奴だ。真っ裸だが、男か女かを見極める徴《しるし》が無い。

「また何やら、おかしなのが来たぜ」とイワンは思った。

技師は思っても口にはしない。なにしろ学者なのだ。

人間はすぐ近くまで来たがこちらを見るでもなく、その先の荒野に行ってしまった。そこには沈むことのない太陽の光が明滅していたが、どうやら消えるところのようだ。イワンと技師は振り返り、通り過ぎた人間と明滅する太陽を目にした。人間は立ち止まり、太陽は不意に光を消した。

遠い空の彼方で何かが吼え、大きく割れ、声高に最後の切なそうなため息をついた。

そして闇となった。

（一九二三年）

訳者あとがき

私が初めてプラトーノフの作品を訳そうと試みたのは今から三十年余りも前のことだ。友人が主宰する同人誌「グルーパ５０１」に『ユーシカ』を載せてもらったのが最初である（五号、一九八八年）。それ以来この同人誌に載せたいくつかの作品を、今回見直して一冊にすることができた。以前はソヴェーツカヤ・ロシア版の三巻選集（一九八四年）を使い、『たくさんの面白いことについての話』だけは「書籍展望（クニージノエ・オボズレーニエ）」という週一回発行の新聞に載ったものを基にした（当時はそれしかテキストがなかった）。今回は主にヴレーミヤ版の八巻選集（二〇一一年）から翻訳したが、『たくさんの面白いことについての話』の原注と図は世界文学研究所（ИМЛИ РАН）発行の著作集第一巻（二〇〇四年）を参照した。

プラトーノフの作品はこれまで日本でいくつも訳されていて、その解説で作家の生涯を知ることができる。作家の伝記は是非それらを読んでもらいたい。その中の二つだけ例を挙げよう。一九七一年に出た集英社版「世界の文学45」の、『秘められた人間』を訳された江川卓先生の解説は、あの時代にどうしてこれだけ充実した伝記を書くことができたのかと驚かずにはいられない。初期の詩も紹介され、ソヴィエト国内ではその存在さえ沈黙されていた『チェヴェングール』や『土台穴』の内容も触れられている。もう一つは、偶然にもこのあとがきを準備中に、『チェヴェングール』の翻訳が出版されるという画期的なできごとがあった（作品社、二〇二二年）。その解説は最新の資料に基づいており、詳細で素晴らしい。

できることなら私はプラトーノフの生涯について書きたくない。私が参考にしたものの多くはヴレーミヤ版八巻選集の解説だが、調べれば調べるほど苦しくて息が止まりそうになる。彼の生涯は、その作品を指弾する政府や文学官僚らの執拗な圧力と、それでも屈せずに書き続け、なんとか発表しようと試みる、血を流すような努力の連続なのだ。だが彼のどの作品からも、作家の生きた時代が濃厚に伝わってくる。彼の創作全体が一つの年代記ではないかと思えるほどだ。その生涯をまったく辿らないで済ますわけにはいかないだろう。

ただし、傑作と言われる大作群や比類ない大小の作品、戯曲、作家の思想をうかがい知ることのできる社会・文化評論、戦争中とその後に書かれたものなど、プラトーノフの創作全体に触れることを目的にはしないので、行きがかり上一部の名前を挙げるに過ぎない。是非、他の本の解説を読んで欲しい。

一　プラトーノフ（一八九九〜一九五一）の生涯

アンドレイ・プラトーノヴィチ・プラトーノフ（本名・クリメントフ）は一八九九年にヴォローネジ市近郊のヤムスカヤ・スロボダー（「御者の特別居住区」を意味する歴史的呼称）に生まれた。父は鉄道修理工場に勤める金属工で、長男アンドレイの下に七人の子供が生まれている（短編『セミョーン』を読むとき、そんな子供時代が想像できる）。初めは教区の、のちに一般の学校に八年通い、家計を助けるために十五歳から働きはじめる。保険会社の事務手伝いに雇われたあと、ほどなく父の勤める南東鉄道に移っている。そのかたわら一九一八年にヴォローネジ大学の受講生となり、翌年に鉄道工業専門学校《ポリテフニクム》の電気工学部に籍を置く。また十八歳ごろから詩作を発表し始めるが、書き始めたのはもっと早く十五歳ごろだという。

二十世紀直前にプロレタリアの家庭に生まれた彼にとって、一九一七年のロシア革命は青春そのものだった。まったくの余談だが、受講したというヴォローネジ大学が開講されたのも戦争や革命の余波である。一九一八年、由緒あるユーリエフ（現・タルトゥ）大学がドイツ軍の侵略を逃れてヴォローネジに疎開したもので、当初は無試験で誰もが受講できたという。革命前だったら労働者の子供が容易に大学で受講できただろうか、革命はどんなにか庶民の希望を掻き立てたにちがいない、と私は勝手に想像している。革命がもたらした希望と、それを実現したいという胸を焦がすような情熱が本当にあった時代だ。

このころからプラトーノフは詩、短編、評論などを地元の新聞にさかんに発表し始める。この時期のことを読むと私は目が回りそうになる。家計を助けるために働き、大学で受講し、専門学校で学んで電気工学の技術者となり、詩や評論、散文作品を書き、恋をして結婚もしている。いったいいくつ身体があったのだろう。一九一九年には赤軍に動員され、ボリシェヴィキの新聞から派遣されてノヴォホピョールスクの視察に出かけたりもしている（『チェヴェングール』に出てくる）。

ヴォローネジ市はヴォローネジ州（一九二八年までは県）の州都で、モスクワの約五五〇キロメートル南方に位置し、中央黒土帯と言われる一帯にある。州の中ほどをドン川が横切り、さらに南下するとアゾフ海に達する。古代から異民族の侵入を防ぐ自然の要塞のない、広大な平地だ。革命直後の国内戦（一九一八～一九二二または二三年）でも第二次世界大戦でも激戦地だった地方である。『チェヴェングール』を読むとき、そんなヴォローネジ地方の光景が彷彿としてくる。豊穣な黒土におおわれながら水理はよくないようで、繰り返し旱魃《かんばつ》が起きた。『たくさんの面白いことについての話』に出てくる自然災害のなまなましさも、この土地の特色を反映しているだろう。

革命直後、一九二一年から数年続けてこの地が大旱魃に見舞われ、すさまじい飢饉が発生した。

技術者だったプラトーノフはこの事態を見ながら文学活動にたずさわっていることはできなかった。飢餓に苦しむ人々を緊急に救うために、旱魃との闘いに身を投じた。土地改良の専門家として、堤防などの灌漑設備、人造湖、井戸、農業用発電所、橋、道路などの建設にたずさわった。それは膨大な数である。作家の死後何十年も経て、これらの業績が明らかにされている。八巻選集のマルィギナ女史の解説によると、プラトーノフ自身はヴォローネジでのこの活動について沈黙していたという。一緒に働いた仲間の多くが粛清されている。革命政府は、飢饉によって多大の犠牲者が出たことを隠ぺいすべく、目撃者の抹殺をはかったのだという。背筋が冷たくなるような指摘である。

ところが一九二六年になると、政府は急速に土地改良事業から手を引く。政府の目的は人々の救済よりはむしろ、農民の反乱を防止することにあったのだ。仲間たちと共に自己犠牲的な労働で築いてきた成果が無に帰すのを見て、プラトーノフは自殺を考えるほどの絶望に陥ったという。彼は技術者として、土地改良技術によって自然の猛威を克服できると信じ、社会主義の建設によって人々の幸福を実現することを純粋に願っていた。この体験が彼のイデオロギー上の疑念と破局を生んだ、と解説者は指摘している。

プラトーノフは一九二一年に結婚し、二二年に息子プラトンが生まれた。二六年、モスクワで土地改良専門家として働こうと、妻子と共に移住した。だがモスクワでは予定した仕事につけず、一家は困窮する。一時タンボフ出張の仕事を得るが、そこでは官僚的で無理解な人々のあいだで仕事を進めることができず、モスクワに戻っている。タンボフでは直前に農民の蜂起があり、軍事力によって鎮圧されたばかりだったという。この間に『エーテル軌道』、『エピファニの水門』、『グラドフ市』などが書かれ、一九二七年ごろから作家活動に専念していく。

二八年『秘められた人間』が、二六〜二八年に『チェヴェングール』が執筆される。『チェヴェングール』は断片が部分的に発表され作家たちの注目を惹いていた。しかし三〇年に『疑いを抱くマカール』が発表されると、スターリンの目にとまって激しい怒りを買い、その意を受けてレオポルド・アヴェルバッハが、「反革命的、アナーキズム、ニヒリズムの作品」であると大々的な批判記事を書く。これがプラトーノフ迫害の始まりとなった。アヴェルバッハはスターリンの部下ヤーゴダと姻戚関係にあり、当時のロシア・プロレタリア作家協会（ラップ）を主導し文学会を牛耳っていた人物である。さらに三一年に『ためになる《フプローク》』が発表されるとスターリンがこれを痛烈に罵倒した。即座にアヴェルバッハが、さらに当時の有力作家で『ためになる』を自分の雑誌に掲載した当人である編集長アレクサンドル・ファジェーエフが批判記事を書き、プラトーノフは反人民的作家として大批判キャンペーンにさらされた。プラトーノフは、スターリンに宛てた手紙やプラウダ紙およびイズヴェスチア紙に送った記事の中で、『ためになる』にはイデオロギー的な誤りがあった、と自己批判する。誤った見方のためにコルホーズを風刺的に描き、社会主義にとって有害な作品だった、しかしその後自分は変わることができた、今後は『ためになる』がもたらした害をはるかに上まわる有益な作品を書くことで必ず償う、と訴えている。彼の記事は掲載されなかった。そしてこれ以後、彼の作品はあらゆる出版社から拒まれ、ソ連の作家たちの間でのけ者的な存在になる。秘密警察からの陰湿な監視が行われ、情報提供者らが終生まとわりついたという。

　そんな中でも一九三四年に作家集団が地方を視察旅行した際に参加することができ、トルクメニスタンを視察して『ジャン』や『粘土砂漠《タキィル》』などが書かれるが、このとき出版できたのは『粘土砂漠』だけだった。

　作品掲載の努力が実らない中で、プラトーノフは収入を得るために、一九三一〜三六年、昔の知り合いの伝手で度量衡製造・修理トラスト《ロスメトロヴェス》という組織に技術者として身を置き、数々の発明をしている。しかし困窮との闘いは生涯続いた。

　一九三七年、作品集『ポトゥダニ川』が出版できたことは、闇の中にともる希望の灯のようにみえた。一九三四〜三六年の作品七作が収められており、『セミョーン』もそこに含まれている。だが出版されるや否やたちまち相次ぐ批判記事が書かれる。批評家グーレヴィチは長々と作品分析をしたうえで、プラトーノフは「ロシアの民衆の姿を歪曲している」と結論づける。八巻選集の解説者は、「プラトーノフは『自己防衛抜きの反論』という記事と聖者伝的物語『ユーシカ』

でそれに応えた」と書いている。『ユーシカ』が「聖者伝的物語」と呼ばれていることは注目しておきたい。

粛清され、絶命させられた作家も多かった時代に、プラトーノフ自身は生命を維持したが、一九三八年、息子プラトンが逮捕され懲役刑を受けるという事件が起きる。プラトンは十六歳だった。これは多難な作家の生涯でも最大の悲劇だったと思う。息子の解放を嘆願してプラトーノフ夫妻は奔走を重ね、作家ショーロホフを通じてスターリンに嘆願の手紙を何度も送っているが、一通でもスターリン本人の手に渡ったのかどうか、私は確認できていない。プラトンは一九四〇年、重い結核を病んだ状態で極寒の地から帰された。自分では歩くことができず、担架はなくシーツに載せられて運ばれてきたという。そして第二次大戦の最中、一九四三年に二十一歳で亡くなっている。死亡するまでに彼は結婚し一児をもうけたようで、そのことに私はささやかな希望を感じる。四三年には戦線にいたプラトーノフが愛息の死に目に会えたのかどうか、解説からはわからなかった。

第二次世界大戦が始まるとプラトーノフは奔走して従軍記者の資格を得て、戦地に赴き、数多くのルポルタージュや戦争関連の作品を書いている。これらは発表されるが、それもまた一筋縄ではいかなかった。彼は戦線から妻に宛てて、書いたものが掲載される喜び、作品集が続々出るだろうという希望を書き送っている。開戦当時は士気高揚の必要に迫られて検閲が緩み、束の間の自由があった。だが四三年ごろから再び当局の検閲は厳しくなり、プラトーノフの作品は修正されたり拒否されたりする。

一九四四年、病気（結核）のため軍務を解かれてモスクワに戻る。戦後の一九四六年に短編『イワーノフの家族』（後に『帰還』と改題）という作品が発表される。何度読んでも心を揺さぶられる素晴らしい作品だ。だが出版されるや否や、「文学新聞」の編集長だった批評家ウラジーミル・エルミーロフが大がかりな酷評文を書いて攻撃し、ファジェーエフもプラウダ紙に誹謗文を載せる。エルミーロフは常軌を逸したように気違いじみた批判の言葉をほとばしらせている。これは言い訳のあり得ない行為として文学史に残されるだろう。その結果プラトーノフは、一九五一年に亡くなるまで作品出版の道を完全に閉ざされた。

作家は最後まで執筆を続けた。子供向けの短編や、ロシア民話やバシキール民話の再話などの作品が残されている。死の直前まで書き続け、未完に終わったのは戯曲『ノアの箱舟』である。惜しんでも惜しみ足りない。

スターリンの死（一九五三年）後、雪解け以後のソヴィエト国内で、プラトーノフの作品はいくつか出版された。だが、一気に評価が高まり広く話題になり始めたのはペレストロイカ以後である。研究者たちのたゆみない努力によって家族や秘密警察を含む方々のアルヒーフから文献が発掘され、未発表だった作品や検閲で散々変更を加えられたテキストが研究され、出版されてきた。

私自身は到底それを追うことはできていないが、毎年国際シンポジウムが開かれ、故郷のヴォローネジでは記念イベントが開催されているという。アカデミー版に相当する全集が完成し、作家の全貌が明らかにされる道のりが今も進んでいるはずである。

二　収録作品の発表年代

『ポトゥダニ川』、『セミョーン』――一九三七年、短編集『ポトゥダニ川』（ソヴィエト作家版）所収（全七作品収録）。執筆は一九三四～三六年。

『ユーシカ』――一九六六年、テレビ・ラジオ誌。生前は未発表。執筆年は未確認だが、八巻選集の収録場所から類推して一九三〇年代の終わりごろ。

『たくさんの面白いことについての話』――一九二三年、我らの新聞（ナーシャ・ガゼータ）、ヴォローネジの作家ミハイル・バフメーチェフとの共作（「三」に別記する）。

『鉄《てつ》ばば』――【初版】「仲良しの仲間たち」誌、一九四一年第二号（『君はだれ？』という題名の省略版）。【第二版】ズナーミャ（旗）誌、一九四三年 第四号。【第三版】Ａ・プラトーノフ『故郷の空の下で』、モスクワ、一九四二年。【第四版】Ａ・プラトーノフ『故郷についての物語』、モスクワ、一九四三年。（三浦みどり訳については「四」で特別に記したい。）

三　『たくさんの面白いことについての話』

私がこの作品（以下『たくさんの……』と略記）を初めて見たのは、一九八八年の「書籍展望（クニージノエ・オボズレーニエ）」という週刊新聞で、二回に分けて掲載されていた。昔話のような始まりと語り口の面白さに惹きつけられた。二回目（十月二八日付）には後半と共に、作品の発見者であるニーナ・マルィギナ女史の『知られざるプラトーノフ』という記事が載っている。

それによると、彼女がこの作品を見つけたのは一九七六年。科学アカデミーの図書館でプラトーノフの資料を探しながら、一九一八〜二六年のヴォローネジの新聞をあさっていたとき、一九二三年の「我らの新聞（ナーシャ・ガゼータ）」に、この新聞にはちょっと不似合いな物語がひと月にわたって連載されているのを見つけた。署名は「M・БとA・П」。A・Пはプラトーノフが時々ペンネームに使っているし、M・Бは、「我らの新聞」の編集者で作家のミハイル・バフメーチエフではないか、これは二人の共作かもしれない、とひらめいた。読み進めるにつれて、プラトーノフの手であることは疑問の余地がなくなった（八巻選集の解説ではより明確になっていて、第五、八、十、十一、十三、十五、十六、十九、二十、二十一、二十三章はプラトーノフが担当、とある。最終章の最後に「続く」とあって、未完のまま中断しているらしい）。

マルィギナ女史は、『たくさんの……』の作中人物や事象が、のちのプラトーノフの作品にどのように登場しているかを解き明かしている。たしかに、『チェヴェングール』をはじめいくつもの作品の中で同じモチーフに出会い、読んでいて思わず興奮を覚える。マルィギナ女史の記事の中からその一例をあげてみよう。

『たくさんの……』のイワン・コプチコフの形象は『チェヴェングール』では二分され、人格と志はサーシャ・ドヴァーノフに、「民族の統率者」という高潔な役割は打算的で卑俗な姿に変わってプロコーフィーに賦与される。ロマン主義的な「カスピ海の花嫁」は卑俗なクラウジューシャとなって現れ、プロークの「麗しき女《ひと》」と長編詩『十二月』のカーチャとの間の転身を連想させる。中編『エーテル軌道』のミハイル・キルピチニコフは、イワン・コプチコフと同様に、電気の謎を解こうとしてアメリカに向かう。彼らが目指すのは、生命のないものから生あるものへの変化の謎、不死の謎を解くことである。不死と、死者の蘇生という願望は、プラトーノフの主人公たちから片時《かたとき》も離れることがない。

『土台穴』と『チェヴェングール』の筋立ての枢軸をなすモチーフが最初に描かれるのは、『たくさんの……』の中である。「ボリシェヴィキ民族」の創立と「家・庭園」の建設だ。どの作品においても共同体の組織者たちは、新しい共同体の住人にもっともふさわしいのは乞食や浮浪者、「陰気と不幸の化身」のような人々だ、とみなしている。

プラトーノフは科学技術の力を信じていた。自然の破壊力に立ち向かい、貧困と荒廃から逃れるにはそれなしにはあり得ないことを確信していた。だがそれは自然征服の情熱とはかけ離れたものであり、自然を見る彼のまなざしには深い近親の情が満ちている。この初期の作品にもそれははっきりと表れている。

マルィギナ女史は次のように書いている。

「『たくさんの……』からは、作家のすべての作品に繋がる糸が延びている。例えば、どうしてチェヴェングールの共同体の建設者たちは、自分たちは労働しなくてもいい、労働はすべて太陽にやらせればいい、と考えるのだろう？　中編『ためになる』のコルホーズ員たちは、電気の太陽を建設しようとどうしてあれほど奔走するのか？　『たくさんの……』の中の太陽の役割を解き明かすことで、その答えが見つかるだろう。

だからといって『たくさんの……』の一番の面白さは、そんなさまざまの形象の「暗号を解く」鍵があることではない。整わない粗削りなテキストにせよ、これは比類のないプラトーノフの世界図の最初のスケッチなのだ。」

また冒頭で、プラトーノフの全創作が持つ驚くべき一体性について書いている。

「作家の全作品が一つの文脈を構成している、どの作品も別の作品を補充し、続けている。同時に、そのひとつひとつに、どんなに凝縮された形であろうと、プラトーノフの全世界がある。」

その通りだと思う。私はプラトーノフの創作全体が一巻の絵巻物を作り上げているような気がする。どの部分を見てもその絵巻物全体が伝わってくるような。そしてどの部分からもヴォローネジの大地が、緩《ゆる》やかな丘陵と川の流れが、谷や草や周辺の田舎町が立ちのぼってくる。

四　三浦みどり訳『鉄ばば』

ロシア語通訳者、翻訳者として活躍していた三浦みどり（一九四九～二〇一二年）は、第一級の通訳者として多忙を極めながら、数々の貴重な翻訳を残した。彼女が翻訳を発表し始めたのは、同人誌「グルーパ５０１」ではないかと思う。早稲田大学図書館の司書だった滝波秀子さんのもとにロシア語愛好者が集い、不定期に出していた同人誌だった。

いまは日本でも著名なベラルーシの作家スヴェトラーナ・アレクシエーヴィチを初めて日本に紹介したのは彼女である。「グルーパ５０１」八号（一九九〇年）に『白ロシアの語り部　スヴェトラーナ・アレクシエーヴィチ』と題して『亜鉛の少年たち』を紹介したのが最初で、次々と作品を翻訳していった。『亜鉛の少年たち』は『アフガン帰還兵の証言』という題名で日本経済新聞社から、『ボタン穴から見た戦争』、『戦争は女の顔をしていない』が群像社から出されている。プリスターフキン『コーカサスの金色の雲』やアンナ・ポリトコーフスカヤ『チェチェン　やめられない戦争』

など、三浦みどりの訳書には社会の不正義への批判と弱者に寄り添う正義感が貫かれている。

その彼女が「グループパ501」六号（一九八八年）に、プラトーノフの短編を訳している。ご夫君・奥井共太郎氏の承諾を得て今回の訳書に含めさせてもらうことになった。若い日の翻訳を彼女自身はおそらくどんなにか手直ししたいに違いないが、できないことが限りなく悲しい。題名は『鉄ばばあ』と訳されているが、「ばばあ」という言い方がやや不似合いに思われるので、『鉄《てつ》ばば』と変えさせてもらった。

三浦みどりは翻訳の付記に、このプラトーノフの作品を教えてくれた中沢敦夫氏に感謝し、翻訳を指導してくださった江川卓先生にお礼の言葉をそえている。


発表年代に記したように、この作品は一九四一～四三年に四回も活字になっている。対独戦争（第二次世界大戦）の開戦直後、検閲が緩んだ短い雪解けの一時期だった。ヴィクトル・ボコフという作家が「仲良しの仲間たち」誌に載せた作品評にも、ほっと息がつける。この作品の理解にも役立つと思うので、紹介しておきたい。

「プラトーノフは劇的な筋を追い求める作家ではなく、鋭利な筋書きが彼の作品の特徴ではない。時には重大な事件もカタストロフも、織り成す文体の奥に隠れて目につかないことがある。作者が何を書こうとも、一枚の木の葉、一匹のイモムシのことであっても、最初から最後まで貫いているのは強力な魂、強力な精神の力なのだ。〔中略〕読者は本当に「きみはだれ？」と感じずにはいられない。初めてものを認識する人間が世界を見るまなざし、信じるという感覚、詩情を基にして膨らんでいく知識を、読者は類のない力で共感する。隠されていた全世界が初めて開かれるとき、人は目にするものすべてに「きみはだれ？」という問いを抱く。自分に対しても「きみはだれ？」と。全編を貫くのはこの問いかけである。〔中略〕カブトムシやクモのことを書いた物語はたくさんあるが、どれも平凡で滑稽なものばかり。この問いに向き合った物語に出会ったのは初めてである。筋書きに頼ることなくこれほど強烈な緊張感を与え、世界を受け止める感覚とすべての行から発散する精神の力のみによって読者を捉えること――それこそは高度な技巧であり真の文学である」。

この一文に触れた時、プラトーノフが同時代人に理解され敬愛されていたことを感じて救われるような気がした。でも、もしも激しい糾弾に苦しめられることなく才能のままに書いていたら、この作家はどんな作品を世に残したことだろうか。『たくさんの……』の主人公イワンの、「僕の思うことが残らず実現していたら、大渦巻きと滝になってただろうな」という言葉が思い浮かぶ。

五　『ポトゥダニ川』

私はこの訳者あとがきの全部を、『ポトゥダニ川』のために、この作品の世界が少しでも身近に、肌で感じられるようにと願って書いた。この作品はプラトーノフの創作の最高峰ではないかと私は思っている。『たくさんの……』でマルィギナ女史が、『鉄ばば』でヴィクトル・ボコフが述べているプラトーノフ作品の特徴は、『ポトゥダニ川』に的確に当てはまる。

冒頭の一行。「国内戦の間じゅう踏み固められて道になっていた土の上に、また草が芽を出し始めた」――ただこれだけの一文が、その場の情景と社会の雰囲気を、一瞬にして目の前に浮かび上がらせるから不思議だ。直接には書かれていない、背後に伸びる時間と空間をありありと感じさせてしまう文章の魔力。ヴィクトル・ボコフが『鉄ばば』について述べた「すべての行から発散する精神の力」がここにある。道もない草原を激しく行きかう軍馬や隊列。戦争が一段落してもとの草深い田舎に戻り、多くの人たちが死傷した後《のち》の静けさ。

国内戦とは言うまでもなく、一九一七年のロシア革命直後に、共産主義国家を築こうとするボリシェヴィキの革命勢力とその反対勢力の間の戦いで、双方で千～千七百万人の死者が出たと言われている。前者は労働者と農民の労農赤軍を組織し、ニキータはこれに加わっている。

革命が起きたのは第一次世界大戦（一九一四～一九一八年）の最中だ。当時は「帝国戦争」と呼ばれたこの戦争に、ニキータの兄二人は恐らく帝国軍に召集されて出て行き、帰ってこなかった。混乱のさ中のロシアで、戦死通知も来なかったのだろう。ニキータの方は、国内戦が一九二三年に終結したとして、さらに労働力として引きとめられているから、帰ったのは一九二四年ころだろうか。このとき二十五歳くらいとあるから、作者と同世代だ。戦争に出かけたのはたぶん二十歳ころ、晩熟《おくて》らしいニキータはおそらく戦争しか知らずに大人になっている。ようやく帰宅して戦後の生活を始めることから物語が語られていく。

この作品は、反人民的とレッテルを貼られ何を書いても発表できなかった作者が、これなら発表できると思えるやり方で、その才能のすべてを込めて書いたのではないだろうか。人は何で生きるかも、生と死をめぐる思想も、作品の奥深くに秘められているように思う。

なおポトゥダニ川はベルゴロド州とヴォローネジ州を流れる、実在するドン川の支流である。全長一〇〇キロメートル、流域面積は二二〇〇〇平方キロメートルで、多摩川よりやや短く面積はずっと広い。

『ポトゥダニ川』、『ユーシカ』、『セミョーン』は、過去に同人誌「グルーパ501」に訳文を載せた。その時は江川卓先生に見ていただいた。今ようやく、こんなにも長い年月を経てお礼を申し上げることを、どうか許してくださいますように。

だいぶ前のことだが、島田陽先生が「プラトーノフの会」を立ち上げ、研究者の方々が集まって、惜しみなく研究の成果を分かち合ってくださった時期があった。島田陽先生を始め、会の皆さんに心からお礼を申し上げます。
今回の翻訳は以前に訳したものからは変わっている。師と仰ぐ先生が他界されて支えを失っている私を、群像社の島田進矢さんが救ってくださった。原文と訳文を徹底的に見直し、おかしなところを指摘し続けてくださった。どれほどの忍耐と時間を奪ったことだろう。ただ厚くお礼を申し上げます。

（正村和子）

アンドレイ・プラトーノフ
(1899-1951)
ロシア中部のヴォローネジ市近郊の労働者の家庭に生まれ、家計を助けるため若い頃から学業のかたわら仕事をしつつ詩も書いていた。1917 年の革命後の国内戦では赤軍に勤務、その後、電気工学の技師として地元の灌漑事業にも心血を注いだ。1920 年代から小説を書きはじめ次第に注目されるようになったが 1930 年の『疑いを抱くマカール』が反革命的と批判され、その後作品の発表が困難になり、一人息子が粛清の犠牲になるなど公私ともに多難な日々を送る。第二次大戦中は従軍記者をつとめ、その後もさまざまな作品を書いて発表の可能性を探るが不遇なまま生涯を閉じた。スターリン死後の「雪どけ」後に作品が出版されペレストロイカ以降、20 世紀文学に特異な存在感を見せる作家として一気に評価が高まった。代表作に『チェヴェングール』、『土台穴』、『秘められた人間』、『ジャン』など。

訳者　正村和子（まさむら かずこ）
ロシア語通訳・翻訳家。訳書にニーナ・アナーリナ『私のモスクワ、心の記憶』（群像社）がある。

訳者　三浦みどり（みうら みどり）
ロシア語通訳・翻訳家。アレクシエーヴィチの著作の翻訳ほか訳書多数。2012 年没。

群像社ライブラリー 47
ポトゥダニ川《がわ》 プラトーノフ短編集
2023年6月24日 初版第1刷発行

著 者 アンドレイ・プラトーノフ
訳 者 正村和子・三浦みどり
発行人 島田進矢

発行所 株式会社 群 像 社
神奈川県横浜市南区中里 1-9-31 〒232-0063
電話／FAX 045-270-5889 郵便振替 00150-4-547777
ホームページ http://gunzosha.com Eメール info@gunzosha.com
印刷・製本 モリモト印刷

カバーデザイン 寺尾眞紀

Платонов, Андрей Платонович
РЕКА ПОТУДАНЬ
Platonov, Andrei Platonovich
REKA POTUDAN' (Potudan' River)

ISBN978-4-910100-31-9 C0397

私のモスクワ、心の記憶

ニーナ・アナーリナ　正村和子訳　都会にあふれる庭の緑に心あらわれ、街角に人と人のつながりが息づいていたあの頃。友情をはぐくんだ通りが交叉し、会話の絶えなかった台所のある暮らしは国の違いを越えてなぜかとても懐かしい…。戦後六十年と人生を共にしたロシア女性がつづる良き時代と人びとの思い出。

ISBN4-905821-98-3　1900 円

8 号室　コムナルカ住民図鑑

コヴェンチューク　片山ふえ訳　ソ連時代の都会暮らしを象徴する共同アパート＝コムナルカ。仕事も世代も異なる人々の生活が否応なく見えてしまう空間で日々繰り広げられる奇妙でほろ苦い人間模様を、生き生きと言葉でスケッチしていく画家のエッセイ集。

ISBN978-4-903619-63-7　1200 円

どん底

ゴーリキー　安達紀子訳　社会の底辺で生きている人間たちがふきだまる宿泊所。仕事のある者もない者も夜はみなこのどん底の宿に戻ってきて先の見えない眠りにつく。格差社会の一番下で生きている人間の絡み合いを描いた 20 世紀はじめの戯曲を新訳。

ISBN978-4-910100-00-5　1000 円

分身　あるいはわが小ロシアの夕べ

ポゴレーリスキイ　栗原成郎訳　孤独に暮らす男の前に自分の《分身》が現れ、深夜の対話が始まった。男が書いた小説は分身に批評され、分身は人間の知能を分析し、猿に育てられた友人の話を物語る ...。ドイツ・ロマン派の世界をロシアに移植し 19 世紀ロシア文学の新しい世界を切りひらいた作家の代表作。

ISBN978-4-903619-38-5　1000 円

石の主《あるじ》

レーシャ・ウクライーンカ 法木綾子訳　多くの作家が題材にしたスペインのドン・ファン伝説をウクライナの代表的詩人が戯曲化。幼少期からウクライナ語の教育を受け転地療養を通じてヨーロッパ各地の文化を吸収して十を越える言語を習得した才能あふれる女性作家が強いヒロインの系譜を継いだウクライナ文学で世界文学に連なる。

ISBN978-4-910100-30-2　1700円

悲劇的な動物園　三十三の歪んだ肖像

ジノヴィエワ＝アンニバル 田辺佐保子訳　野生の生物の摂理に驚き、同世代の女子の心を動揺させ、空想の世界で遊びながら成長していく少女を描いて20世紀初めの文学界が息をのんだ自伝的小説とロシア初のレスビアニズム文学と称された短篇。歴史の影に追い込まれいた才能がいま現代文学として光を放つ。

ISBN978-4-910100-11-1　2000円

ぼくはソ連生まれ

ヴァシレ・エルヌ 篁園誓子訳　私たちはソ連の中で生きていた人たちのことをどれだけ知っていただろうか。ジーンズへのあこがれ、映画や小説の主人公への熱狂、酒の飲み方からトイレや台所にまつわる話、行列の意外な効用まで、モノや人の記憶を掘り起こすいくつものエッセイから〈彼ら〉の暮らしが見えてくる。

ISBN978-4-910100-25-8　1800円

出身国

ドミトリイ・バーキン 秋草俊一郎訳　肉体的にも精神的にも損なわれた男たちの虚栄心、被害妄想、破壊衝動、金銭への執着、孤立と傲慢…。それは現代人の癒しがたい病なのか。文学賞の授賞式にも姿をみせず、その沈黙ゆえに存命中から伝説化していた早世の現代作家のデビュー短篇集

ISBN978-4-903619-51-4　1900円